U0596804

岁月笙歌

易新南 著

海天出版社
HAITIAN PUBLISHING HOUSE
·深圳·

图书在版编目（CIP）数据

岁月笙歌 / 易新南著. — 深圳：海天出版社，
2021.7

ISBN 978-7-5507-3160-8

Ⅰ.①岁… Ⅱ.①易… Ⅲ.①歌词集－中国－当代
Ⅳ.①I227

中国版本图书馆CIP数据核字(2021)第084597号

岁月笙歌
SUIYUE SHENGGE

出 品 人　聂雄前
策划编辑　韩海彬
责任编辑　朱丽伟
责任校对　叶　果
责任技编　郑　欢
书名题字　邹德理
装帧设计　知行格致

出版发行　海天出版社
地　　址　深圳市彩田南路海天综合大厦（518033）
网　　址　www.htph.com.cn
订购电话　0755-83460239（邮购、团购）
设计制作　深圳市知行格致文化传播有限公司　Tel：0755-83464427
印　　刷　深圳市希望印务有限公司
开　　本　787mm×1092mm　1/16
印　　张　22.5
字　　数　250千
版　　次　2021年7月第1版
印　　次　2021年7月第1次
定　　价　68.00元

　　易新南先生原是深圳最早的五星级酒店——富临大酒店总经理，至今我还习惯称他"易总"。易总走上歌词创作道路，是我"勾引"的，用他自己的话说，这是一条不归路，完全是我惹的祸。

　　若干年前的一天，我带他去蛇口吃饭，又叫文人骚客雅聚。穿肠烈酒加上歌儿飘荡，可能是触动了深埋于内心的文艺情愫，归来时他忽然斩钉截铁地说："田地，我不相信，十年，我还写不出一个'九月九的酒'！"其实，这也是愿者上钩。

　　说来也巧，他的第一首词《特奥圣火》，便是和写《九月九的酒》的朱德荣老师合作的，由著名歌手毛阿敏演唱。实际上，他以后的不少作品，比如，和王佑贵老师合作为宋祖英写的《中华一家人》，其品质与影响已经可比肩《九月九的酒》。（朱德荣老师已长眠九泉，我们最好的结局也只能是：人死了，歌还在唱。我们在歌声里不朽！）

　　往事虽已如烟，可还是有些细节历历在目——

　　那时的规范写作主要靠打字机。我和易总的办公室距离近，他在六楼，我在七楼，"上蹿下跳"很方便。他每写一首歌词，从打印机里一扯出来，就兴奋地往我的办公室跑，连稿纸都是热的。

　　我们相继离开富临以后，他更把写歌词当作生活的方式。几乎每天每地都有感而发地写，乐此不疲。我的手机便成了他发表的媒介。

日积月累，有了几千首，他便想结集出书，并嘱咐我写序。他的绝大部分词都有相当高的水准，而且写法还不断创新，不断返璞归真。他已由当年的头脑"发烧"到今天的文字发光！俨然一个专业词作家的范儿。我也真想静下来，好好梳理其历程与作品，写写一位企业家、经济学家是怎么成为著名词作家的。可惜人海沉浮，分身乏术，心有余而力不足。

而今易总的新书终于要出版了。但一向温文尔雅的易总也终于发了狠话："田老师好！两年来我抱着希望找你写序，依我俩多年的交情，请你写段短文也不至于等待无望吧！看来喝你的酒容易，讨个字很难，你可不是惜字如金的人！"

我便内疚而仓皇地写下以上文字。既道歉，也致敬！

——田地（著名诗人、词作家）

记得二十二年前我刚来深圳时，便有缘结识了易新南这位著名的企业家。后来，我跟他合作了两首歌，一是《人情味》，被收录在海天出版社出版的《深圳市群众创作歌曲作品集》里；二是《小木梳》，没发表，也没人唱过。可在那写"大歌"、唱"大歌"的年代，那把小小的木梳和"世上有百味 / 最美人情味 / 味在情上溢 / 美在那心里"的《人情味》，给我留下深刻印象。多年以后我们加了微信，再续缘，我惊讶地发现，这时的新南兄文思泉涌，好词不断。

——姚峰（著名音乐教育家、作曲家）

易兄《岁月笙歌》面世，我心生感慨：他自退休以来，几乎每日一词，始刻意，终随意。

刻意——他要完成他未完成的文学梦。

随意——他不停地写作，如日记般的感情和思想记录让我见到那份个人真诚和人性真实。且越写越接近自由，抵达自在。

时间终将把一切掩埋，只有爱例外。而在易兄这里，我见证了生命的倔强和人性理想的慷慨。

祝易兄在收获之上感受到更多收获，也借易兄《岁月笙歌》出版之时，一思一悟：

一切都被时间掩埋，一切卷土重来。

一切笑过哭过，一切又是新的未来。

——唐跃生（著名诗人、词作家）

我与易新南先生相识二十余年，他的每一首歌词，我都十分喜欢，并深深地吸引了我，让我产生共鸣。作品中精彩的词语，昂扬的激情，以及对人生哲理的顿悟，充满自信的阳光心态，对真善美的执着追求，都在震撼着我的心灵。或是诗文，或是歌词，或长或短，都能从中感悟到语言艺术的趣味和思想的能量。跟随他的描述，时而俯视着山河大地，时而仰望着白云蓝天，时而与古圣对话，时而同今人交心。于是也觉得思绪在驰骋，心胸在扩张，浑身充满了能量。

读易先生的作品，就像与挚友在对酌陈年老酒，品味到了敦厚、滋润与人生百味。真可谓：佳酿对酌千杯少，美文常品百遍馨。

——杨帆（著名诗人、企业家）

新南兄是深圳商界翘楚，在企业经营管理与企业家培训指导方面都颇有建树。时间对他来说，不可谓不金贵。但他却用长达二十多年"挤牙膏"的时间，于歌山词海中生生闯出一条路。风景看遍行囊满，近千首歌词作品，其中不乏被传唱并获奖作品。如今，洋洋洒洒的歌词集又将付梓，真诚祝贺之余不禁想起他的歌词"时光的变幻有多少惊喜／岁月的容颜就有多少魅力""脚步追随着江河小溪／激滟着山高水长的美丽"。

依我对他熟悉的程度，词中所述正是他对时间与人生关系的真实感悟，换言之，他是懂得时光魅力的人。

惜时如金是一个方面，留下的是易兄闻鸡起舞、勤奋耕耘的故事。知时达命又是一个方面，这关乎他写词的初心，诚如他所言：人逢其时，岂能无动于衷。易兄写词的初心是什么？窥一知全，看看他歌词的标题就会有所发现：《就恋这片土》《中华一家人》《特奥圣火》《旗帜》《深圳的风》……不难看出，大时代的土壤孕育着大情怀，大变革的前沿催生了易新南执笔染墨、以词达意、将个人感悟融入时代风潮的文学冲动与追求。有了这份冲动与追求，他的写作才会脚踏实地、持之以恒，并真实地再现时代、社会与人心。当他伏案提笔之时，也才能如向大海、如望星空，满怀深情地表达自己所思、所想、所爱、所梦，让读者与听者真切感知作者的生命情怀与艺术激情，从而顺利完成音乐文学作品社会化传播和审美的功效。因此，当我们阅读、朗诵、聆听或演唱他的作品的时候，就会非常鲜明而强烈地感受到那种"信仰的激情"。无论他的作品题材多么广泛，无论他的文本写作如何多样，只要是有心人，就能够感受到那份"易式"浩然之气的存在。这是否就是艺术家们的梦寐以求？易新南正走在路上。

时间是公平的，时光的魅力藏在时代赋予和生命的自由选择之中。

——单协和（著名词作家）

"一顶草帽盖着青丝秀发／遮不住如花的风韵年华／一条汗巾拭着粉红脸颊／擦不去岁月的春光流霞"

当宋祖英甜美的歌声在维也纳歌剧院上空久久回荡之时，谁会想到这是业余爱好者创作的歌词？

《岁月笙歌》结集出版，付梓前有幸欣赏到易老这几百首歌词的初稿，我感受最深的是，这些歌词不仅是歌，也是诗，还是文，更是画！

《农家女》是歌，"你是芳心烂漫的人间山花""你是花好月圆的乡土奇葩"，因歌词的韵味，才有了宋祖英、蒋大为、毛阿敏、刘和刚等歌唱家们为之传唱。

《梦江南》是诗，"杏花雨飘湿了诗篇／枫桥月投进了画卷／乌篷船摇进了梦乡／楼外楼风韵了流年"，因为诗词的意境，才有了徐沛东、姚峰、刘青等作曲家为之谱曲。

《岳阳楼》是文，"飞峙湖边很久很久／任凭岁月脚下漂流／望洞庭水天一色／看烟雨润泽九州"，因为美文华章，才有了田地、唐跃生、翔剑等大家为之写文章赏析。

《相思渡口》是画，"一江春水向东流／我披雨等你在渡口""又逢春江花月夜／我迎风等你在渡口"，因为入胜的画面，才有了王佑贵、熊敏学等乐界翘楚的交响和弦。

"哦，哦，哦"，易老的歌词，"声声入梦里"。

—— 刘建祥（国防科技大学教授）

　　易新南先生是一位有名的企业家，音乐只是他的业余爱好，没想到他写歌词竟然如此痴迷、高产，几乎一天一首，在二十来年里坚持写下一千多首。而且他的歌词真情、大气、有韵味、暖心，题材多样，风格独特，令人难忘且深深喜爱，这在词坛中的确难得！我曾与他合作过两首歌，都产生了良好的反响！我衷心祝愿他的《岁月笙歌》结集成功！

—— 蒋大为（著名歌唱家）

　　新南先生是一位成功的企业家，同时也是一位优秀的词作家。他的商业帝国秀于深圳，他的词作传唱大江南北。

　　新南先生的词题材丰富广泛，写祖国气势磅礴，写亲情情深意切，写爱情柔情蜜意。

　　新南先生是最早一批的深圳追梦人，他经历了太多的"海湾传奇"，伫立深圳湾为"时代放歌"，怀想"追风追梦"的故事，心底涌动"大爱无言"的感动。

　　未来已来，新南先生用真诚的文字，向岁月发出宣言——心底的青春永远如初，烂漫绽放。

—— 解明月（著名词作家）

　　易老先生的歌词朗朗上口、流畅，很有音乐性、逻辑性、文学性，如我们合作的《三六九》里面这样写着"三月三拉着六月六的手／掀开了大地尘封的盖头／耕耘沃土，播撒希望／让种子把心愿怀到遥远的秋"。还有《就恋这片土》《故土飘香》《柿子红了》《农家女》等歌曲都是我们合作的很有特点的作品。

易老先生同时也是一位非常有爱心、有情怀、热心肠的企业家，曾经帮扶、支持过不少艺术家。

——舒一夫（著名谱曲家）

易老是给歌与诗牵线的月老，他在歌曲与诗歌之间搭了一座鹊桥。他的每一首歌词都是一首独立的诗，有着诗的韵律和仙山云海般的意境。他以歌曲为经，以诗歌为纬，把民族风和曲风经纶交织在一起，绣上深沉、生活与梦想，从此令音乐飘荡的灵魂活色生香。

——易诗风（诗人、词作家）

代

序

易新南创作的歌词将要结集出版了，真是可喜可贺！

我们相识时，他是纪录片《特区不会忘记》中的企业家，是连续多年的纳税大户代表，是酒店行业兴起的领头会长。我在朋友圈中听闻他业余爱好写诗作词，过去的二十多年间，他在繁忙又激烈的企业竞争中，利用余暇写下了一千多首歌词，而且还有不少作品荣获国家、广东省、深圳市等多个奖项，他的歌词被蒋大为、宋祖英、戴玉强、毛阿敏、刘和刚、王丽达等歌唱家演唱，其中《旗帜》《使命》《中国力量》《中华一家人》广为传唱。他的如许成就，初听乍闻莫不令人惊讶，再作深入了解，得知他在军旅生涯时曾是西南高级军事机关的"笔杆秀才"。转业从商后仍然笔耕不辍，撰写多部企业管理和经济理论著作，比如《中外合资企业管理谈》《零费用经营》，在海内外工商界产生广泛影响。他在企业经营管理领域的传奇业绩，曾被《国家旅游报》以企业"扭亏之神"专题报道。长期以来，他给人的印象言如其心，文如其人，是个情商智商兼备的文人企业家，是个满腹文人情怀的时代达人。

多年来，我读过、听过易新南的歌词作品，确实感动难忘！"饱蘸沧海风云，挥写时代笙歌"。他的这本歌词集，具有以下特色。

题材广泛。易新南这本歌词集是从他一千多首词作中精选出来的，共十六辑，即盛世中华、日出东方、时代放歌、高天厚地、江山多娇、江河湖海、大爱无言、天下无恙、故园乡愁、海湾传奇、春秋咏叹、追风追梦、母爱父恩、相濡如流、青春烂漫、诗趣歌乐。从这些辑名中可见，词作者视野开阔，思绪纵横，积累丰厚。

内容丰富。他的笔触直指时代风云潮流，伸向社会大众生活。让读者看到《国粹》，听到《雨打芭蕉》，闻到《故土飘香》，喝到《杯中茶》，尝到《妈妈的饭菜》，唱到《草原放歌》，探幽《梦江南》，牵手《伞中缘》，领略《欢腾的广场》，重访《茶马古道》。阅读他的歌词作品，宛如走进一片葱茏的艺苑，硕果累累，披红挂绿，美不胜收，无不体现他对祖国、对大自然、对人性的感受、感情与感恩。

体裁多样，风格纷呈。艺术的成果是个性化、不重复的作品，而不是规范化、标准化的产品。易新南的歌词作品一千多首，不拘一格，不复陈套，好像百人百面，首首各异。有主旋律，有古典，有民歌，有通俗，有歌谣，有山歌，有摇滚，有童话，等等。他的歌词角度新、立意奇，取材别致，品相斑斓，摇曳多姿，总能在泛泛题材中脱颖而出，实属不易！他的热爱生活、童心未泯、勤奋学习、广泛涉猎、思维活跃，造就了他与时俱进、追梦弄潮的人生状态，垒筑了他岁月如歌的人生境界！亦如他在歌词中表露的心迹："山上有山，山外有山／山重叠嶂，山山比肩／撑天拔地，壮为山峦／我向上攀登／站在高高的山巅／当我成了小峰的时候／把人生高度挺立天地之间……"

写作快手，创作高产。易新南长期肩负繁忙的企业经营管理责任，承受市场激烈竞争的风险与压力，要在指缝间溜过的间隙写下一千多首歌词作品，作为一个非科班出身、半路出家的业余爱好者，实属高产笔丰，尤其是在专业程度很高的词坛展露风采，让人敬佩！据说他退休后连续几年几乎每天写一首，似乎写词成瘾，他常说不写不舒服，长期以歌为伴，乐此不疲。可以看出他胸中总有一股熊熊燃烧的创作激情！他写词的速度也快，记得2000年的一天，深圳著名策划人王星慕名找他，邀请他为在上海举办的特奥会活动写一首歌，时间紧，要求高，还要有国际风情，确实难度不小。谁知易新南就在办公室用一杯茶的工夫，写下《特奥圣火》这首恢宏的会歌，由毛阿敏领众唱响。易新南的创作源于丰厚的积累、兴趣的冲动、灵感的驱使，似乎喷薄而出，一气呵成！

艺术至上，美为品相。明代谢榛曰："凡作近体，诵要好，听要好，观要好，讲要好。诵之行云流水，听之金声玉振，观之明霞散绮，讲之独茧抽丝。此诗家四关。"歌词的艺术魅力在于愉悦人、鼓舞人，调动受众的内心情感。读着、听着、唱着易新南的词作，令人感动，心醉难忘！他的词作有如此魅力是因为有源头活水，不凭想象执笔，也非走秀卖萌，而是来自生活，来自时代，一字一句，一板一眼，特别真实、自然、质朴、浑厚，读着动情，听着走心。我心中藏着的话语，被他的歌引流脱口而出。显然，他的词作确有一脉清流的别样特色，从而形成有辩识度的个性风格。

有画面，有形象。艺术的形态是通过情景、意象、声形来达到塑造形象、抒发情感、表达心声的目的。易新南的歌词常用画面切入，营造语境；用形象立意，代言传神。这样形神活现的歌词往往比空泛的千言万语更能让人感同身受，引起心灵共鸣。如他在《孩子妈》副歌中写的"孩子妈，孩子妈 / 世上多少孩子妈 / 牵着娃，扶着他／身上背着沉重的家／走过春秋，走过冬夏／满头青丝走到两鬓白发"。

从大俗到大雅。艺术只有贴近生活，切合实际，体现情感，才能引起共鸣。创作唯有把人性中的爱、情、恩、慈、恕、孝发掘出来，才能彰显艺术高雅的气质。易新南在写农村山乡，写寻常百姓，写家长里短类作品，用接地气、有滋味、带乡土气息的语言，营造语境，倾诉乡愁守望，收到源于生活、高于生活的效果。如他的《老家》写出原汁原味风貌："布衣暖，蒲扇凉／茅屋寒舍硬板床／粗茶泡淡饭／日晒染风霜／山歌吆喝天地应／赤脚溜溜闯四方／八字眉毛笑来好时光／夜枕蛙声入梦乡……"

有乐感，有旋律。词是歌之体，曲是歌之魂。打动人心的歌词，最能诱发作曲家的创作灵感，引出形神合一的音乐旋律。易新南的歌词浅显易懂，朗朗上口，其原词本身具有诗意语言的基调，具有一定的节奏韵律，具有无言的歌谣样式，容易谱曲成歌，引起联想吟哦，撩发引吭传唱。比如《纤夫号子》写的"嘿咗，嘿咗，嘿呀咗／一根竹竿哟撑开江两岸／一溜号子哟回响千百年／冒一身雨水，洗刷春秋怨／吼一声号子，激荡云水间／闯险滩哟雄起肩膀／把太阳和月亮拉出万重山"。

语言精，意味浓。歌词是一种语言文学，语言精练，用词生动，才能演绎出精美作品。易新南在语言表达上斟字酌句，煞费苦心，下笔总有飘逸绝尘的妙句。他用个性化的语言，表达大众化的情感，又不失词意斑斓，情趣高远；他紧扣时代脉搏，讴歌祖国主旋律，又不失传统文化的殷殷底蕴；他崇尚唯美意识，追求高雅艺术，又不失生命奔放的人性率真；他在语言表达上创新，力求酣畅淋漓，又不失拿捏有度，熟稔于心；他在语境营造上描绘，笔下诗意空灵，又不失意象存信，传神筑魂。

多手法，多样式。艺术予人的新鲜感，既要继承传统、保持基因，又要创新、富有新意，才使作品焕发生命力！花有百样红，人有各不同。易新南在同类题材的歌词中之所以表现出不同的效果质感，主要是因为他运用手法多，多样式表达，游刃多变，桃红李白，多姿多彩。他在词作中灵活运用长短句、排比句、复式句、问答句、比兴句、留白句等，让作品妙笔生花，激滟风流。

古衍今，今烁古。易新南的歌词作品中有借古喻今，有颂今溯古，有古今交织，有古今双辉等，通过时间跨越，空间转换，情景变化，开阔了视角，蜕变了画面，拓展了情绪，使语境相映成趣，情感更加深远，让歌词内涵丰富多彩。如他的《诗词耀中华》写的"东方神州生生不息 / 五千年深耕厚积 /《诗经》醇和，《楚辞》华丽 / 乐府恢宏，唐诗飘逸 / 宋词元曲绵延明清 / 起承转合，如梦如醉 / 横亘古今的心曲彩虹 / 薪火不断引吭接力"。

情为径，爱为心。歌是唱给人听的，愉人悦己。一首歌最为动人之处，莫过于其中的情与爱。因为爱是人性之源，而一切爱又生于情。易新南的歌词最鲜明的特点，就是情引发得浓烈，爱表达得充盈。他常说人总在情里追，梦总在爱里圆。情与爱既是他的创作元素，又是成歌的主调。他以情为径，以爱为心，去触及人性最为柔弱隐秘之处，收到人间对阳光之爱，孤寒对温暖渴求的神奇效果。如他《妈妈，请让我梳头》的歌词让人泪奔，"难忘小的时候 / 妈妈常常为我梳头 / 梳过羊角辫 / 梳过刘海头 / 梳啊梳，梳啊梳 / 从小妞一直梳到婷婷闺秀""如今静下心来 / 我总想给妈妈梳头 / 梳出黑瀑布／梳来女人秀／梳啊梳，梳啊梳／把白头一直梳出健康长寿"。

词眼歌心，满满真情。当今是一个文艺绽放、春意盎然的社会，又是一个大众参与、全民 K 歌的时代。易新南常说在这多情的土地，多梦的岁月，多彩的生活，当有美的歌声！他用歌词为人民的心声鼓与呼，为时代精神歌而唱；他用心血凝成的作品诠释着文艺为社会服务的责任，彰显走进新时代的民族风采，弘扬着古老的东方文化。他的歌词大气、奔放、隽永，有内涵、有哲理、有温度、有情趣，充盈着满满的正能量，释放着人生睿智风采，洋溢着一股家国炽热情怀和"位卑未敢忘忧国"的浩然正气。这是他长期吮吸艺术甘泉成长，而又不断焕发艺术活力，坚持耕耘收获的必然结果。无疑他是我们这个时代的事业行者、生活强者、人生智者、艺苑耕者、岁月歌者，值得我们为他鼓劲加油，大声喝彩！

周长湖，系深圳政协原副主席

2020 年 11 月 25 日

目　录

第一辑　盛世中华

祖国 002
亲亲的祖国 004
祖国如画 006
我的国旗 007
中国的太阳 008
中国的月亮 009
美丽中国 010
祖国万岁 011
祖国在路上 012
幸福之路 013
中国梦 014
中国力量 015
我爱妈妈我爱家 016
特奥圣火 018
年 019
天下华人大家亲 020
中华一家人 021
沧桑巨变 022
一带一路 024

第二辑　日出东方

旗帜 026
依然是你 027
你来了 029
难忘你 030
你从昨天到明天 032
使命 034
中国因为有你 035
公仆 036
百年脚步 037
那颗初心 039
春风浩荡 040
你在哪里 041
怀念 043
延安 044
追寻春光 045
唱起浏阳河 046

第三辑　时代放歌

邀请 048
艳阳高照 049
祝福春天 050
和平颂 051
时光舞台 052
欢腾的广场 053
东方广场 054
心想嗨 055
歌心满怀 056
霓裳飘彩 057
丁台竞秀 058
旗袍 059
旗袍秀 060

第四辑　高天厚地

中国人　062
金色的胡杨　063
再唱红梅赞　064
纤夫号子　065
礁石·战士　066
教师节　067
致敬劳模　068
纪念碑　069
我是中国人　070
人民代表　071
中华脊梁　072
天地　073
高天厚地　074

第五辑　江山多娇

田在梯上美　076
古镇·古村　077
湘妃竹　078
君山　079
岳阳楼　080
长安在哪里　081
我的南方北方　082
江南烟雨　083
江南柳　084
梦江南　085
爱在春天　086
三六九　087
四季如歌　088

桃花源　089
香格里拉　090
茶马古道　091
扎尕那　092
草原放歌　093
我在黄山等你　094
老山城　095
湘西山水　097
山水芙蓉　099
山水之约　100
神奇的丹霞　101
雪花　102

第六辑　江河湖海

江河海湖　104
黄河　105
美丽的珠江　107
海之恋　108
心与海　109
观海听涛　110
南海听涛　111
踏浪赶涛　113
海之南　114
渔家乐　115
风从海上来　116
南海渔村　117
红树林　119
瀑布　120
太湖石　121
三门岛　122

第七辑　大爱无言

能量 124
珍爱 125
怀旧难忘 126
老影集 127
再见 128
关爱 129
亲人 130
唯有情谊记心里 131
人情味 132
朋友 134
兄弟姐妹 135
明月情 136
衷心祝福 138
祝你生日快乐 139
心之歌 140

第八辑　天下无恙

心愿 142
感恩生命 143
苍天之下 144
爱无疆 146
问春天 147
大爱无疆 148
杏林脊梁 149
陌生的恩人 150
白玫瑰 151
让我们联手 152
绿色彩礼 153
母亲泪 154
中国心 156

第九辑　故园乡愁

中秋 158
故乡在远方 159
风雨故乡情 160
春风伴还乡 162
回老家 163
祠堂 164
故土飘香 165
就恋这片土 166
故乡亲 167
乡音乡愁 169
我的乡愁 170
老家 172
农家春秋 173
农家乐 174
故乡的山歌 176

快乐农家 177
山里汉子 178
山里姑娘美 179
峡江女人 180
农家女 181
老槐树 182
柿子红了 183
槐花 184
油菜花 185
栀子花 186
川菜香 187
作别扁担 188
雨打芭蕉 189
那朵含笑花 190

第十辑　海湾传奇

深南路 ………………………………………………… 213
走过深南路 ………………………………………… 212
热土情怀 …………………………………………… 211
忆当年 ……………………………………………… 210
我从深圳来 ………………………………………… 209
深圳，我对你说 …………………………………… 208
深圳之恋 …………………………………………… 206
深圳的风 …………………………………………… 205
追风·追梦 ………………………………………… 204
多情的深圳风 ……………………………………… 203
南海弄潮 …………………………………………… 202
潮涌海湾 …………………………………………… 201
难忘昨天 …………………………………………… 200
南海那片港湾 ……………………………………… 199
爱在湾港 …………………………………………… 198
深圳灯光 …………………………………………… 196
深圳界河 …………………………………………… 194
南海巨龙 …………………………………………… 193
盛开的簕杜鹃 ……………………………………… 192

第十一辑　春秋咏叹

相约春天 …………………………………………… 232
风之遐想 …………………………………………… 231
杯中茶 ……………………………………………… 230
茶道闲谈 …………………………………………… 229
忘忧草 ……………………………………………… 228
微笑 ………………………………………………… 227
相思在清秋 ………………………………………… 226
共品菊花黄 ………………………………………… 225
慢饮时光 …………………………………………… 224
老吾老 ……………………………………………… 223
皓首童愿 …………………………………………… 222
闲云野鹤 …………………………………………… 221
斜阳夕照 …………………………………………… 220
人约黄昏后 ………………………………………… 219
叶子黄了 …………………………………………… 218
叶子礼赞 …………………………………………… 217
季节风 ……………………………………………… 216

第十二辑　追风寻梦

一路风光 …………………………………………… 252
时间 ………………………………………………… 251
时光魅力 …………………………………………… 250
那些年 ……………………………………………… 249
火红年代 …………………………………………… 248
我还是我 …………………………………………… 247
领悟 ………………………………………………… 246
释怀 ………………………………………………… 244
短长随想 …………………………………………… 243
别装糊涂 …………………………………………… 242
拓荒牛 ……………………………………………… 240
候鸟 ………………………………………………… 239
小木梳 ……………………………………………… 238
神奇在手 …………………………………………… 237
城市美容师 ………………………………………… 236
车夫 ………………………………………………… 235
足迹 ………………………………………………… 234

第十三辑　母爱父恩

天下父母心 ………………………………………… 272
父母心 ……………………………………………… 271
咱的爹娘 …………………………………………… 270
老布衣 ……………………………………………… 269
老爸的眼光 ………………………………………… 268
迭代母亲 …………………………………………… 266
父子游戏 …………………………………………… 264
老娘 ………………………………………………… 263
孩子妈 ……………………………………………… 261
妈妈的饭菜 ………………………………………… 260
哦，妈妈 …………………………………………… 259
妈妈，请让我梳头 ………………………………… 258
宝贝的秘密 ………………………………………… 257
清明节 ……………………………………………… 256
清明 ………………………………………………… 254

第十四辑　相濡如流

相濡如流　274
心窗　276
从眼睛到心灵　277
让爱天久地长　278
梦中缘　279
结伴行　280
情意　281
远方　282
南眺北望　283
相思渡口　284
老伴，我对你说　285
牵手　286
相爱今世来生　287
夫妻相　288
左手右手　289
伴侣　290
老冤家　291

第十五辑　青春烂漫

校园　294
母校　295
校园放歌　297
书　298
窗外的琴声　299
又回童年　300
马尾发，红罗裙　301
玫瑰在这里　302
青梅竹马　303
那一天　305
梦想　306
遇见　307
相爱　308
伞中缘　309
致同桌的你　310
月牙儿　311
雪美人　312
摸泥鳅　312

第十六辑　诗趣歌乐

我爱母语　314
汉字乐趣　315
书　316
香火遗风　317
想起古学　318
国粹　320
尚有诗经　321
诗词耀中华　323
走进唐诗宋词　324
诗意情人　325
橘颂端阳　326
故事乐　327
老歌　328
再见康桥　329

跋　331

第一辑 ∞ 盛世中华

祖国

前奏合唱：天是你　地是你　东西南北向着你　山是你　海是你　长江黄河牵着你

祖国啊祖国

你是我生命的天地

你是我尊严的护堤

你是我母亲的母亲

你是我祖籍的祖籍

祖国啊祖国

你是我自豪的话题

你是我高擎的大旗

你是我倾诉的恋歌

你是我感恩的泪滴

祖国啊　我行千里路

赏不够你的巍峨壮丽

祖国啊　我读万卷书

品不尽你的诗情画意

亲爱的祖国　赤子的皈依

我在你的怀抱

你在我的心里

啊　啊

伴尾曲：天是你　地是你　山是你　海是你

（熊敏学谱曲，朱小玲演唱）

亲亲的祖国

我曾经想过祖国是什么
我也曾问过什么是我的祖国
岁月走过　风雨走过
眼睛和心跳把答案告诉我

是天空耀眼的中央星座
是大江横流的波澜壮阔
是湖畔海湾的风情柔波
是山高壑险的壮丽巍峨

是东方文明的精魂闪烁
是沧海桑田的耕耘收获
是中华民族的热血脉搏
是千秋万代不灭的薪火

祖国是什么
什么是我的祖国

是民族欢歌的手鼓铛锣
是春江花月的翩跹吟哦
是烽火边疆的铁马金戈

是龙飞凤舞的神话传说

是编织幸福的金梭银梭
是相伴恋人的热吻情歌
是天涯游子的望乡明月
是扬帆逐梦的生命航母

这就是我的祖国
五千年的歌澎湃在心窝
这就是我的祖国
亿万儿女在旗帜下诉说
我爱你　我爱你啊
伟大的祖国　亲亲的祖国

祖国如画

仰观长空　日月星辰
远眺大海　浪卷风云
放眼原野　阡陌纵横
遥望群山　巍峨腾云

探幽东海　琴绸诗文
采风西域　大漠驼铃
踏浪南疆　斜阳椰林
挥鞭北国　草原驰骋

一阵春雨　万紫千红
一片夏阳　大地披金
一夜秋露　染尽枫林
一场冬雪　飘花裹银

喜看东方　天地雄浑
环顾方园　水秀山清
漫游四季　月异日新
放歌时代　虎啸龙吟

看不够我的神州美景
道不尽万种妖娆风情
何曾忘怀缭绕春秋灯火
祖国如画壮美华夏子孙

你像彩虹托起晨曦

你像红日光耀大地

你像薪火传承万代

你像赤碑彪炳记忆

你是我生命的祖籍

你是我灵魂的皈依

你是我尊严的护堤

你是我幸福的话题

国之威仪顶天立地

胸之幡动气定神奇

你那鲜红的颜色溶进血液

天涯处处都在心中升起

默默祝福化作举目敬礼

风雨无阻总是忠诚追随

为了幸福我　为了光荣你

我们共命运　永远同呼吸

我的国旗

中国的太阳

伏羲捧过的太阳

跨过了山高水长

夸父追赶的太阳

溶进了黄河长江

东方日出　日出东方

天和地拥抱着希望

带着光明　带着热情

走进了沧海桑田

走进了千古文章

今天相伴的太阳

追梦在诗和远方

未来盼望的太阳

与花朵茁壮成长

阳光灿烂　灿烂阳光

我和你沐浴着辉煌

东边旭日　西边夕阳

照耀着田园家乡

温暖在我们心上

神话走进岁月的太阳

光明磊落　万民敬仰

天上来到人间的太阳

生息与共　地久天长

中国的月亮

她是天上美丽的风景
她是人间追寻的梦境
她是大地重光的神灯
她是家乡祈佑的福星

多像清泪欲滴的冰轮
又像天边梳妆的玉镜
宛如远方传情的手鼓
好比天堂敞开的圆门

少她少了一半的光明
缺她缺了岁月的憧憬
忘她忘了人生的梦想
离她离了生活的雅兴

中国的月亮耀古烁今
嫦娥的故事依然迷人
中国的月亮阴晴圆缺
心中的女神世代牵魂

美丽中国

都说你好美好美

美出了五千年的传奇

行千里路赏不尽江山多娇

读万卷书品不尽诗情画意

一幅龙飞凤舞

升腾在炎黄血液

你像天生丽质的母亲

催生美丽　梳妆山河大地

都说你越来越美

美来了沧海桑田的惊喜

看天地人数不清万象更新

谈身边事道不尽连台好戏

一场春风化雨

火红了东方大地

你像惊艳天下的童话

走出梦乡　走向花季雨季

如诗如歌的美丽中国

如梦如神的宏图彩笔

是你让我们收获了美丽

是你让民族焕发了神气

祖国万岁

在国泰民安的岁月里

欢庆吧　兄弟姐妹

为东方神州祝福

为伟大祖国贺岁

看不够的盛世之美

乐不够的国运之醉

斟满欢庆美酒

干杯国运　国运干杯

在盛世欢颜的日子里

放歌吧　兄弟姐妹

为我们家园祝福

为伟大祖国贺岁

让昨天的泪花横流

让今天的梦想腾飞

振臂纵情高呼

万岁祖国　祖国万岁

祖国在路上

你从洪荒中走来
你从风雨中闯来
你把东方薪火传承
炼成激情燃烧的风采
你报晓黎明　荡涤尘埃
筑起红色江山大舞台
向着民族之林
你金戈铁马　继往开来

你在春风里赶来
你在寻梦中追来
你用东方神州传奇
抒写万象更新的豪迈
你梳妆山河　春潮澎湃
开创民族复兴大时代
踏定特色大道
你日夜兼程　初心满怀

中国梦想是你远大胸怀
追赶太阳是你铿锵气概
血肉相连的华夏儿女
与你同舟奋进千秋万代

幸福之路

在太阳升起的地方

多少道路伸向人间天上

有条最壮丽的大道

让我流泪　让我歌唱

难忘漫漫长征路

千山万水寻找曙光

难忘翻身解放路

万象更新屹立东方

欣逢化蝶改革路

春风化雨繁荣富强

更喜铿锵复兴路

踏着梦想迈向小康

风雨长路是火红旗帜领航

金光大道是镰刀斧头开创

梦想飞歌　大路朝阳

我们的明天更加辉煌

中国梦

太阳升起的地方

薪火传承着炎黄子孙

多少梦　多少爱　多少情

造化华夏之魂

多少汗　多少泪　多少血

浇灌民族之林

古老的黄钟大吕

梦别了八千里路月和云

追赶太阳的路上

旗帜引领着东方航行

手拉手　肩并肩　心连心

筑起巍巍长城

站起来　富起来　强起来

接力千秋使命

破晓的时代号角

迎来了沧海桑田日月新

多梦的岁月

爱梦的人民

追梦在天上人间

圆梦在中华复兴

万家灯火越来越明亮

神州脚步越来越铿锵

古国风韵越来越绚丽

岁月天空越来越晴朗

和谐风吹暖城乡边疆

科学棋下活人间天上

特色路开创金光大道

复兴业迈向繁荣富强

越来越火　　越来越旺

风雨中崛起巍巍东方

越来越好　　越来越强

黄肤色抖出豪迈阳光

啊　我的中国信心

啊　我的中国力量

你让我的追寻走出梦想

你让伟大祖国更加辉煌

（蒋大为谱曲、演唱）

我爱妈妈我爱家

我有一个家

你有一个家

我们有个好大的家

名字叫中华　叫中华

中华是我们共同的家

我们在她怀抱里长大

家中有我我有家

大风大雨都不怕

我有一个妈

你有一个妈

我们有个亲爱的妈

名字叫祖国　叫祖国

祖国就是我们亲爱的妈

妈妈总是把儿女牵挂

无论我们到哪里

心儿总是飞向她

我爱我的家

我爱我的妈

我爱我的祖国

我爱我的中华

（饶荣发谱曲，深圳市青少年活动中心合
唱团合唱）

特奥圣火

古老的圣火在这里燎原
地球村增添不息的温暖
那一颗颗燃烧的爱心
为人间再造融融的春天

高擎的火炬在这里相传
天地间光照生命的尊严
看那殷殷不尽的善举
为世界谱写长长的诗篇

来吧　融入爱心的洪流
来吧　圆满奉献的夙愿
来吧　伸出结缘的双手
来吧　创造美好的明天
向着太阳升起的地方
让特奥火炬在五洲传遍
来吧　朋友

（朱德荣谱曲，毛阿敏演唱）

年

好一个中国年

姗姗地来　悄悄地去

年年岁岁　岁岁年年

迎来了春光　送走了冬寒

复苏了大地　丰沛了人间

揣着梦想　怀着感恩

都在初元中相约遇见

一辈又一辈

一年又一年

好一个中国年

雍容地来　淡淡地去

年年岁岁　岁岁年年

更新了万象　揭开了新篇

充盈了记忆　沧桑了容颜

多少期盼　多少祝愿

都在心目中展开答卷

一天又一天

一年又一年

天下华人大家亲

一部史书教诲众儿孙

一本《周易》演绎天地行

一套生肖偶合众生相

一炷香火祭拜祖先恩

莫道人间流传百家姓

追根溯源同是龙的传人

源远流长的长江黄河

是华夏儿女的祖脉母亲

一对楹联代代贴家门

一壶清茶从古沏到今

一杯老酒醉念故乡情

一个中秋月圆心头明

莫道沧海桑田浪淘沙

日出东方高照神州万年春

生生不息的龙飞凤舞

是薪火相传的美丽图腾

忘不了八千里路月和云

消不散黄钟大吕神和韵

血浓于水天下同胞爱

千秋同唱中华大家亲

（方石谱曲，张燕演唱）

中华一家人

一对春联从古贴到今
一口月饼品尝故乡情
一句乡音撩起泪满襟
一条龙舟常在梦里行

一幅丹青描绘山和水
一把琵琶弹拨日月新
一笔汉字维系世代人
一根银针济世万家宁

中华一家人
本是同根生
血浓于水同胞情
心儿连着心

中华一家人
共祝国昌盛
满腔热血赤子魂
祖国大地万年春

（刘青谱曲，宋祖英演唱）

沧桑巨变

三山五岳还在

五湖四海还在

黄河长江都在

依然滚滚流向大海

百年沧海桑田

不见旧时的尘埃

江山更娇

大地更气派

古老的祖国更加蓬勃

春潮滚滚惊天动地来

袅袅炊烟还在

万家灯火还在

乡风民俗都在

薪火依然相传代代

百年斗转星移

不是从前的气脉

时代更潮

人间更精彩

龙舟生生不息竞渡赛

百姓有股豪气入胸怀

仰望天上的繁星

看看地上的人心

岁月有情　人间有爱

跟随红旗一步步走来

一带一路

是谁从东方牵出一带一路
让万水千山变成阳光坦途
丝路故事再续新篇
古道传奇又见重逢牵手

是谁在亚欧描绘梦想蓝图
把大地蓝天缀成人间明珠
友谊桥梁架通未来
山水相连走向繁荣富庶

我们一起奔赴这东方之约
把共同命运心曲倾情高奏
我们一起踏上这幸福长途
与诗和远方拥抱天长地久

第二辑 ∞ 日出东方

旗帜

千万双眼睛深情地将你凝望

千万只手臂举起信仰的力量

风雨如磐　道路坎坷

铁锤镰刀依然闪烁金色的光芒

信念如海　使命如山

鲜红的旗帜飘扬着民族的希望

民心如镜　岁月如歌

飘扬的旗帜引领时代的方向

几十年岁月轻轻地将你呼唤

几十载春秋总把你挂在心上

神州巨变　人民欢唱

多少个东方神话在世传扬

（姜本中谱曲，哈辉演唱）

是你带领我们

翻过雪山　蹚过草地

让一个苦难的民族

站起来　迎接东方晨曦

是你带领我们

重整山河　改天换地

让春风化雨的故园

富起来　焕发勃勃生机

是你带领我们

把握命运　改变自己

在民族复兴的路上

强起来　书写中华传奇

是你啊是你

用风雨不改的初心

温暖我们　鱼水相依

是你啊是你

用百折不挠的奋进

感召我们　同舟共济

亲爱的祖国越来越美丽

我们热爱的依然是你

百年的梦想一定会实现

我们跟随的依然是你

你来了　披着风雨沧桑
启程在南湖那条红船上
你来了　趟过烽火硝烟
报晓共和国诞生在东方

你把人民重托扛在肩膀
躬身为民　践行理想
你把春色洒满莽原山河
让古老祖国蜕变万象

你把希望号角声声吹响
砥砺前行　激情飞扬
你把大爱播种人间心田
让万家灯火越来越亮

你来了　漫漫百年时光
像吉星高照在人民心上
你留在身后的长长足迹
追记着天下百姓的向往

你来了

难忘你

爷爷告诉我

是你冲破黑暗

拥抱东方晨曦

让中国人站起来

父亲告诉我

是你春风化雨

复苏万水千山

让老百姓富起来

今天我看到

是你吹响号角

追逐百年梦想

让民族复兴强起来

难忘你　难忘你

让祖国越来越美丽

让世界看到东方传奇

难忘你　难忘你

总是和我们在一起

把温暖阳光洒在心里

你滋润的岁月多情

我们热爱的依然是你

你开辟的道路宽广

我们跟随的依然是你

你从昨天到明天

难忘漫漫长夜的从前

是你把星星之火燎原

让镰刀铁锤结成兄弟

在一个黎明砸碎了枷锁铁链

站起来　老百姓过上家国春秋

东方红　染红了苍天

记得春风化雨的那年

是你把改革号角吹响

让沧海桑田风生水起

在一个春天复苏了塞北江南

富起来　老百姓滋润年年岁岁

中国红　红遍了老天

都说复兴路上的今天

是你把中国大梦扛肩

让故园古国充满阳光

在一个时代火红了天上人间

强起来　老百姓踏上金光大道

神州神　惊艳了高天

从今天回到昨天

我和你结下了不解情缘

从昨天走向明天

我和你写不尽壮丽诗篇

使命

一诞生你就选择了这条路

一起程你就把使命担在肩头

开辟社会主义金光大道

风雨兼程　从不停留

南湖起航到天安门城楼

万里长征到入世关口

扬帆远航代代好舵手

民族振兴是你的春耕秋收

一幅幅改天换地的宏伟蓝图

是你凝聚了多少心血挥就

一个个华夏民族的动人传奇

在五洲传扬　让人民欢呼

神圣的使命　只为东方神州

高擎的红旗　总在人民心头

（董乐弦谱曲，隋一宁演唱）

我们都有一种感恩的心理

铭记改变命运的一代前辈

我们共创一个举世奇迹

相逢古老的祖国日新月异

我们共存一生美好回忆

见证千秋中华在东方崛起

我们同有一段沧桑的经历

温馨的家园变得更加美丽

我们共有一种难忘体会

老百姓的生活越来越甜蜜

我们共谱一曲时代旋律

和谐的乐章激荡神州大地

多少浴血胜利因为有你

多少耕耘收获因为有你

多少东方传奇因为有你

多少梦想成真因为有你

歌唱你　五十六个民族高举的大旗

祝福你　铁锤镰刀开创的江山社稷

（王佑贵谱曲，王丽达、王欢演唱）

公仆

因为立党为公是我们的胆魄

镰刀铁锤才依然金光闪烁

因为执政为民是我们的承诺

党旗引领的时代更加蓬勃

因为肩负着庄严的重托

我们总把满意的答卷交给祖国

因为人间冷暖装在心窝

我们满怀激情燃亮万家灯火

任重道远　岁月如歌

风雨兼程把美好的未来开拓

信念如山　红日喷薄

把清风正气留给壮丽的山河

公仆赞　百姓心中一首深情的歌

公仆心　华夏大地一团熊熊的火

百年脚步

当年为了寻求光明

你抬起沉重的脚步

不惜赴汤蹈火

闯过雪山草地

冲破黑暗　迎接晨曦

你以排山倒海的脚步

踏出东方一片红色天地

你让亿万人民站起来

把苦难的命运交给自己

长年为了人民向往

你迈开坚实的脚步

怀揣初心赶考

扛起江山社稷

风雨兼程　披荆斩棘

你以追赶太阳的脚步

踏出祖国万象更新传奇

你让沧桑故园富起来

把复兴的梦想变成惊喜

你的脚印风干血泪汗渍
你的脚步依然铿锵有力
走过了百年的漫漫长路
走来了山清水秀的盛世
走进了咱老百姓的心里

記得当年出发起跑

向着那个梦中的目标

跨越万水千山

何惧风狂雨暴

为了神圣的使命

挥洒汗水化作时代春潮

让古老的东方绽放美丽微笑

记得经年接力长跑

沿着旗帜高举的坐标

挽起沧桑巨变

迎接双百拂晓

为了庄严的承诺

引领祖国走上复兴跑道

让追寻的梦想迎来凯旋拥抱

当年的那颗初心啊

依然像阳光在胸膛照耀

当年的那股心劲啊

依然像赶考的激情燃烧

那颗初心

春风浩荡

远方的隐约呼声
是谁在默默倾听
大山的渴望眼神
是谁在留意用心

民间的冷暖乡愁
是谁在念记牵魂
百姓的美好向往
是谁在日夜追寻

号角起　挖穷根
阳光与春风浩荡同行
奔小康　脱贫困
青山与绿水生金长银

播种爱　传福音
笑容与春天留在乡村
兴万家　旺百姓
扶贫与解困圆梦人心

想起了当年的你
老辈人歌唱大救星
如今又亲见到你
高照心头的大吉星

当年的挖井人　你在哪里
我们追寻你的足迹
从长征路上到进京赶考
到处都留下你满满气息
你点燃星火　报晓黎明
用血与火将万里江山洗礼
想起你的丰功伟绩
高山敬仰　江河咽泣

当年的播种人　你在哪里
我们寻遍你的踪迹
从天上人间到百姓记忆
到处都留下你悠悠传奇
你像一轮太阳　温暖大地
让古老的华夏在东方屹立
说起你的恩情夙愿
苍松肃穆　云涌潮起

你在哪里

啊　你没有离开
你在我们的泪滴
你在我们的歌里
啊　你没有走远
你在我们的心里
你在我们的梦里

难忘那个踏梦的早春

你带着微笑走来

你满怀希望走来

你指点江山　激起春潮滚滚来

难忘那个寻梦的岁月

你走遍长城内外

你播种人间真爱

你妙手回春　描绘了一个金色时代

你栽下的高山榕长成材

你牵挂的同胞回家来

你寄情的人民意气风发

你深爱的祖国如今更豪迈

间奏音乐中响起邓小平原音：我是中国人民的儿子，我深情地爱着我的祖国和人民！

怀念你　日月辉煌与你同在

怀念你　相思年年更有高山大海

（熊敏学谱曲，原广州军区政治部战士歌舞团演唱）

延安

血与火在这里鏖过

多少神奇融进黄土高坡

每个窑洞都是故事

每条山沟都有传说

马嘶炮吼惊动长城内外

腰鼓声声都是奋进号角

当年的金戈铁马哟

从这里重拾破碎的山河

军和民在这里融合

多少佳话化作清风明月

每寸土地都有感动

每次追忆都是情歌

马背摇篮诞生战地童话

翻身道情温暖百姓心窝

那杆高扬的旗帜哟

从这里映红长夜的故国

你的故事流淌在滔滔延河

你的传奇在人心开花结果

眺望你好像仰望神州星座

想起你心中燃起一团圣火

追寻春光

像只翩翩归来的燕子
去追寻昔日的春光
像颗匆匆熠辉的流星
去追寻远去的太阳

沿着延河哗哗的流水
追吮枣园梨花清香
寻找南泥湾垦荒镢头
拜访杨家岭传奇会堂

我们告别了泥坯茅房
却忘不了窑洞温暖土炕
我们送走了老牛拉车
却离不开宝塔山撑天脊梁

延安　我们把你追寻
总想重温那个金色的梦乡
延安　我们把你端详
总想向未来长空振翅翱翔

唱起浏阳河

浏阳河弯过了几道弯

江水滔滔后浪越从前

风传情　浪卷花

把一个传奇的记忆流淌人间

浏阳河　浏阳河

歌声悠悠岁岁年年

爷爷奶奶唱　翻身农奴歌

千家万户唱来了花好月圆

浏阳河　浏阳河

心心相应口口相传

多少岁月情　多少人间爱

千言万语化作了山笑水欢

又唱浏阳河啊

把我无尽的思念倾诉到天边

再唱浏阳河啊

让我甜蜜的梦想寄托到明天

啊　浏阳河

啊　浏阳河

第三辑 ∞ 时代放歌

邀请

请接受新世纪的邀请
带着你的爱
带着你的情
还有那颗赤子热心

请接受新世纪的邀请
怀着你的梦
铆足你的劲
还有祖国复兴重任

春风吹开了世纪大门
华夏山河虎跃龙腾
手拉着手　心连着心
和中华母亲齐步同行
相约未来百年盛典
我们奉献无愧一生
让历史老人开怀作证

艳阳高照

大江东去浪滔滔

江山益然多娇

长城内外人欢马跃

神州澎湃滚滚春潮

时代引领新风骚

家园分外妖娆

中华儿女风华正茂

祖国频传喜讯捷报

华年好运艳阳高照

龙飞凤舞歌声缭绕

英雄辈出华夏尽舜尧

万众一心阔步在康庄大道

祝福春天

桃花醉红塞北江南
杨柳拂绿边陲中原
燕子衔来吉祥如意
犁铧耕暖荷塘江川
好一个春来早
好一场春风暖
好一派春潮涌
好一幅春盎然

金色春梦寄托明天
明媚春光洒满人间
多情春雨滋润家园
浩荡春风鼓起风帆
又见那艳阳天
又遇那好华年
又逢那新世纪
又开那时代篇

放歌春天　祝福春天
把希望播种在心田
我们相约盛世中华
拥抱万紫千红的春天

东西南北同一顶蓝天

五洲四洋共一个地球

跟着太阳同步光明未来

枕着月亮同享甜蜜梦都

携起手都是兄弟姐妹

敞开怀便是人间坦途

千山万水爱驻中轴

春夏秋冬同一部黄历

喜怒哀乐同一腔感受

读着诗书走向神圣文明

唱着歌儿欢庆金色丰收

拆开界都是友好邻居

化干戈便是玉帛锦绣

千言万语情在心头

和平宛如阳光雨露

和平胜似鲜花美酒

和平是烛光里祈祷的祝福

和平是橄榄枝描绘的画图

时光舞台

那是城　那是乡
毗邻接壤　连成街坊
那是工　那是农
都在创业　匆匆上岗

那是男　那是女
穿戴混装　猎奇时尚
那是灯　那是星
惊艳闪烁　交相辉映

万花筒式的大舞台
变色龙般的新时光
数不清的新奇变幻
一个点击就到身旁

梦想飞出古老门窗
烂漫如花遍地开放
头上缠绵的月亮啊
总在飞吻我的脸庞

华灯初放的广场

掀起一片欢乐的海洋

天上多情的月亮

赶来助兴人间的天堂

大叔放喉歌唱

讴歌倾诉　真情释放

大妈欢跳舞步

心情放飞　美丽翱翔

你唱我唱大家唱

唱出生活的甘甜吉祥

独舞双舞团体舞

跳圆心中的夙愿梦想

唱吧　交融岁月乐章

跳吧　欢腾美好时光

人生向往　热情奔放

让幸福快乐天久地长

欢腾的广场

东方广场

每到夜幕降临的时光
多少华灯璀璨的广场
聚来四面八方的凤凰
奔腾一片欢乐的海洋

那边独唱对唱大合唱
幸福高歌　笑声怒放
这里你跳我跳大家跳
欢乐起舞　美好飞翔

舞动炫丽的东方霓裳
跳出憧憬的追寻向往
踏着时代的浪漫节奏
演绎中华的盛世乐章

在这缤纷迷人的晚上
激情澎湃　风采流芳
在这欣喜若醉的广场
花好月圆　人间天堂

天更蓝了

地更绿了

水更清了

家园变得更美了

衣更靓了

食更香了

房更敞了

日子过得更甜了

手头有了

路子宽了

朋友多了

心情越来越爽了

百事顺了

人也潮了

心气高了

想想明天来神了

梦想成真了

心头笑嗨了

要问好运哪里来

奔上小康幸福道

歌心满怀

踏着故乡的气息节拍
顶着风霜雪雨走来
我像呢喃不倦的燕子
一步步登上这个舞台

总想用音符诉说情怀
总想用歌声回报大爱
总想用欢乐助兴时代
总想用乐章为祖国喝彩

多少年我与歌坛同在
是掌声春潮催发桃花盛开
多少年我能放声歌唱
是家国春秋律动心声曲牌

无论岁月走得多快
我的歌心沉醉在音乐世界
走进梦里　　走出梦外
旋律如魂总在血液中澎湃

好一个激情飞扬的年代

好一个五洲牵手的时代

你带着梦想走来

她怀着期待走来

我们相聚在如诗如画的大舞台

好一个姹紫嫣红的世界

好一个风情万种的世界

你带着友谊走来

她为着和平走来

我们竞秀在流光溢彩的大舞台

T style stage　走出你的千姿百态

T style stage　走出你的靓丽风采

T style stage　走出你的钟爱情怀

T style stage　走出你的人生豪迈

来吧　让美丽充满这个世界

来吧　让霓裳光耀千秋万代

来吧　让青春开创辉煌未来

霓裳飘彩

T台竞秀

T台长长　佳丽窈窕

款款走来　炫艺过招

前面风姿绰约

后面风韵俊俏

美色荟萃的舞台

让靓丽的青春自豪

台上绽放花容娇

台下谁解泪花笑

好一面人间多棱镜

折射星光　折射时髦

T台长长　时光曼妙

霓裳羽衣　各领风骚

走过时尚酷派

走来华服美貌

百花齐放的季节

把万众的心神迷倒

台前尽显潮风范

幕后谁知汗水浇

好一个生活万花筒

旋转风情　旋转聚焦

若问女人的经典符号

远望旗袍修身的婀娜窈窕

若品女人的风韵气质

近看旗袍加身的顾盼浅笑

人生舞台披载曼妙旗袍

一路春色不尽百媚千娇

青春岁月相伴多彩旗袍

花季雨季平添乐趣情调

旗袍是女人芳华的写照

旗袍是男人目光的聚焦

旗袍是人间舞动的春潮

旗袍是岁月不老的离骚

哦　穿上华服旗袍

为我中华大美推崇炫耀

哦　穿上华服旗袍

让我中华风景惊艳走俏

旗袍

旗袍秀

女儿娇　旗袍秀

一阵春风杨摆柳

像是黄鹂闹枝弄花影

像是一帘幽梦出潇楼

曲线弯弯黄花瘦

万种风情盈衣袖

好一幅桃李芳菲春色图

醉了好时光　羞了馋眼球

百般媚　千种柔

一袭裙摆抖风流

像是彩蝶对对花丛来

像是倚窗凭栏望星斗

顾盼生辉韵悠悠

笑语无言锁盘扣

好一派彩霞斑斓出云岫

笑在风雨后　美在心中留

第四辑 ∞ 高天厚地

高天厚地

你从沧海桑田走来

总把风调雨顺祈求在心里

你默默无闻却又惊天动地

五千年长卷是你书写的史记

感激你啊深情厚谊

华夏儿女是你养育的子弟

忘不了啊丰功伟绩

巍巍中华是你托起的江山社稷

你在万水千山耕耘

同顶一轮明月牵挂着故里

你平平常常却又充满传奇

万里长城是你挽起的手臂

崇尚你啊聪颖智慧

神州风采是你奉献的瑰丽

敬仰你啊胆魄毅力

龙飞凤舞是你追寻的千秋梦翼

岁月留翰笔　青山矗丰碑

你就是高天　你就是厚地

伟大的人民　无愧的万岁

你在沧海桑田生生不息

默默无闻却充满传奇

你在万水千山耕耘播种

平平常常却惊天动地

万里长城是你打下的根基

五千年长卷是你书写的史记

共和国大厦啊

是你高高托起的江山社稷

那一颗颗口中粮　那一件件身上衣

饱含你多少心血汗滴

你总把清风送给大地

你总把深情交给后辈

你把美好祝愿献给未来

你把无怨无悔留给自己

人民是天　人民是地

像春秋四季　像鱼水相依

人民万岁　人民万岁

像江河传颂　像青山振臂

（王佑贵谱曲）

中华脊梁

穿越时空的长廊

远去的背影走进历史的画舫

前仆后继的先人

背走了亘古愚蛮的洪荒

背走了黑暗深沉的世界

背走了命运多舛的魔方

把血与火的故事尘封在神秘古装

回眸岁月的沧桑

匆匆的脚步印下崭新的篇章

英雄辈出的时代

扛来了花好月圆的梦乡

扛来了万象更新的春天

扛来了盛世中华的富强

把东方的传奇彪炳在人间天上

好一副中华铮铮脊梁

像万里长城挺立在世界的东方

好一副中华傲然脊梁

像巍巍泰山擎起华夏的希望

红彤彤的国徽佩戴在胸襟

我的生命与祖国血肉相亲

听到了故乡的心跳

感受到乡亲的体温

我从人民中来

那是日出日落的行程

我要代表人民

诉说梦想成真的美好愿景

让万家灯火灿若漫天繁星

红彤彤的国徽佩戴在胸襟

我的心灵与祖国贴得更紧

肩负起神圣的使命

用感恩反哺到民生

我到人民中去

那是花好月圆的追寻

我要代表人民

呼唤振兴中华的时代强音

让温暖阳光照进百姓梦境

人民的代表　代表着人民

我要奉献满腔热血赤诚

与人民同心　与祖国同行

我为庄严的承诺无愧后人

我是中国人

我是中国人
祖籍在东方
老家叫神州
黄色皮肤热心肠

我是中国人
祖宗叫炎黄
从小讲母语
方正文言尚担当

黄河黄　长江长
诸子百家同故乡
五谷丰　百草香
袅袅炊烟共粮仓

中国人　天地广
勤劳勇敢心善良
中国人　好坚强
泰山峥峥挺脊梁

中国人　同梦想
千秋万代追太阳
四海兄弟恋桑梓
龙飞凤舞呈吉祥

走近高高的纪念碑

洒下两行英雄泪

散去的硝烟战火

卷走了多少青春玫瑰

仰望巍巍的纪念碑

鲜花泣血献给谁

远去的险关疆场

我为你几度遥空举杯

记得嘹亮的冲锋号

激发热血男儿殊死追

记得坎坷的进城路

盼得金戈铁马凯旋归

今天追寻的振兴梦

化作花好月圆故乡美

回望长长的赶考路

再盼初心如钢大军回

默默无言的纪念碑

岁月动容　松柏肃立

你把血与火的史诗

铸成千秋万代的记忆

纪念碑

致敬劳模

看见你天天来去匆匆

走近你总是行色从容

谁知道苦和累

让你承受多少辛酸苦痛

看见你忙乎春夏秋冬

接近你总是面带笑容

谁知道情与爱

在你心中占有多轻多重

时光在你我之间流动

花开在眼前美不相同

我总是在扪心追问

如何让人生品味香浓

拂去那双眼神朦胧

你的生命如诗如歌律动

我要为你鼓掌喝彩

跟着你去筑起梦想彩虹

岁月走出阴晴圆缺

时代翻开鲜红一页

我们古老的中华民族

喜添了一个启明节

忘不了园丁心和血

忘不了蜡烛光和热

忘不了课堂灵和魂

忘不了讲台礼和节

向你致敬庄严热烈

向你道谢情真意切

以你为荣添光壮魂

为你而歌豪放喜悦

啊　莘莘学子的感恩节

啊　桃红李白的泼水节

啊　天下昌明的狂欢节

啊　走向未来的火把节

教师节

礁石·战士

经受风吹雨打

顶住雷电交加

像屹立急流险滩的礁石

练就一副钢骨铁架

啊　你挺起铮铮脊梁

惊涛骇浪　踩在脚下

把胸中炽热的爱

托付海角　守望天涯

不畏浪涛冲刷

不惧粉身如沙

像挺立风口浪尖的礁石

竖起一柱人生灯塔

啊　你放眼茫茫海天

送别帆影　迎来海霞

把心中风湿的情话

捎给远方梦中的她

嘿咗　嘿咗　嘿呀咗

一根竹竿哟撑开江两岸

一溜号子哟回响千百年

冒一身雨水　洗刷春秋怨

吼一声号子　激荡云水间

闯险滩哟雄起肩膀

把太阳和月亮拉出万重山

嘿咗　嘿咗　嘿呀咗

一根纤绳哟拉得山水转

一把橹桨哟摇得苦变甜

挥一把汗水　砸得浪花起

唱一曲山歌　撩起江河欢

走江湖哟挺起脊梁

把纤夫的故事拉成好梦圆

嘿咗　嘿咗　嘿呀咗

嘿咗　嘿咗　嘿呀咗

纤夫号子

再唱红梅赞

想起红梅花儿开

一缕清香扑面来

唱起红梅花儿开

一种情思满胸怀

当年冰霜踏雪人

铁骨丹心魂犹在

百花凋零何所惧

孤芳风雪中　凛然山水外

说起红梅花儿开

一片春光正涌来

再唱红梅花儿开

一股气节化风采

千里冰霜风雪路

后人接力把花栽

岁月沧桑自从容

丹心向阳开　根基扎红岩

金色的胡杨

远望你像一抹金色斜阳

近看你如一排风景雕像

走到你砂砾飞扬的脚下

仿佛听到你悲壮的歌唱

千年生长　无悔古道枯肠

千年不倒　敢与生死较量

千年不朽　任凭岁月沧桑

三千年凛然　三千年豪放

啊　戈壁滩上的胡杨

你在风雨沙暴中高扬梦想

啊　苦难交加的胡杨

哪怕浑身扭曲仍向未来渴望

见到你　我的心海不再迷茫

人生路上有你挺立为榜样

想起你　我的灵魂愈加坚强

生命如歌何惧天老地荒

中国人

走南北　闯东西
踏遍天涯不忘故乡老祖籍
写方字　讲汉语
从小爱读四书五经《弟子规》

敬祖先　拜天地
一生牢记修身齐家重仁义
爱书法　练功夫
喜闻乐见唐诗宋词品京戏

乐在楚河汉界玩博弈
最爱丹青泼墨描天地
龙飞凤舞常在梦中游
端午中秋合家团圆闹除夕

为人处世温良恭俭让
老祖宗留下这个理
血脉根底代代传啊
五千年文明遗传骨子里

第五辑 ∞ 江山多娇

四季如歌

一元伊始　大地梳妆
春风捎来花团锦簇的景象
生命起舞　莺飞草长
宛如嘉年的前奏乐章

夏天来了　蝉鸣鸟唱
红红火火的人间妖娆情长
爱与相随　筑垒梦想
夏之恋曲从心底飞扬

枫红草黄　丹桂飘香
秋风盈盈让大地漫卷太阳
挥镰堆垛　收获梦想
丰收歌谣与田园交响

大雪纷飞　素裹银装
红梅花儿在枝头傲雪凌霜
新年钟声　悠悠远方
迎颂岁月的诗篇华章

四季如歌
从从容容流淌在人间天上
歌飘四季
浩浩荡荡接力着未来希望

三月三拉着六月六的手

掀开了大地尘封的盖头

耕耘沃土　播撒希望

让种子把心愿怀到遥远的秋

六月六靠着九月九的头

接力着绿色使命的追求

几番风雨　几经沧桑

让骄阳把热情献给前方的秋

春恋着夏　夏爱着秋

秋的喜悦是春的酿酒

春依着夏　夏挽着秋

秋的硕果是夏的成熟

好一个心连心的三六九

让梦想挥镰着人间的丰收

好一个手拉手的三六九

让岁月潇洒着金色的风流

爱在春天

复苏的春天来了
我想去寻找爱
跟着莺飞草长
追寻人间的桃红李白

美丽的春天来了
我想去拥抱爱
吻遍万紫千红
潋滟岁月的花季风采

温暖的春天来了
我想去谈场爱
对话呢喃燕子
倾诉满腔的喜乐悲哀

多情的春天来了
我想去牵手爱
守望和风拂柳
圆满心中的执子情怀

莫负了春暖花开
莫误了梦想期待
让时光发酵醇香
让人生更加丰富精彩

梦江南

山峦叠翠　荷塘桑田

一帘幽梦　最忆江南

走进一条烟雨巷

宛如走进了醉人的春天

杏花雨飘湿了诗篇

枫桥月投进了画卷

乌篷船摇进了梦乡

楼外楼风韵了流年

划桨摇橹　水乡如川

渔舟唱晚　梦回江南

饮上一杯青山茶

好像品尽了江南的甘甜

雕花窗守望着人间

石板路印满了乡恋

花纸伞遮掩着缠绵

桃花扇摇红了容颜

哦　莫非岁月偏爱江南

冬去秋来总是花好月圆

哦　莫非苍天多情江南

一片烟云就是一缕眷恋

江南柳

江南的春天

是你迎风领头

江南的春色

数你摆弄风流

垂枝搭肩肘　拂风拉衣袖

把妩媚的叶片贴上少女眉头

踏青岸边走　牵手堤畔游

是你把人间引进美丽的画图

江南的记忆

唯你最上心头

江南的风采

因你格外清秀

默默勤招手　无言多问候

把多情的春意撒满原野神州

绿荫献清幽　新芽抚乡愁

是你伴家园走过春天到夏秋

淅淅沥沥的烟雨

为江南披上飘渺水衣

朦胧了村村寨寨

秀色了山川大地

小桥流水带走了童年故事

眷恋的紫燕依旧绕梁环飞

杏花雨中的农家小院

笑声像荷塘荡漾的涟漪

丝丝缕缕的烟雨

为人间挥洒水彩画笔

淋湿了一帘幽梦

滋润了万家心扉

小河弯弯不见了阿婆浣洗

石板窄巷逗留着青春记忆

乌篷船荡起桨声橹曲

追寻着夕照田野的牧笛

多少次江南烟雨中漫步

处处勃发着诗兴画趣

牵手在黛瓦白墙中徜徉

衣湿了又干　心甜了又醉

我的南方北方

我从白山黑土到四季葱绿
山山水水都是美丽图画
我从一马平川到海浪放舟
风风雨雨都是弄潮春秋

我用南方音调唱北方的歌
春夏秋冬天天都是乡愁
我以北方品位饮南方的酒
酸甜苦辣口口醉在心头

花开花落不怯人生地疏
日出日落不问风情乡俗
故乡也有爱　　他乡也多情
多少汗水都是无悔的风流

北方人来赶南方的路
只为把明天的梦想追逐
南方心来牵北方的情
只为把心中的眷恋相守

长安在哪里

登上古城墙眺望你的踪迹

鼓楼擂鼓　钟楼撞钟

八百里秦川嗓声四起

长安在哪里

叩开十三朝触摸你的呼吸

碑林读史　秦腔听戏

大雁塔怀中今夕何夕

长安在哪里

穿越丝绸路追寻你的传奇

灞陵携友　曲江迎宾

霓裳舞盛世大美淋漓

啊　长安你就在这里

脚下的土地收纳你全部秘密

找到你也找到我自己

游子行千里

根在这里　魂在这里

岳阳楼

飞峙湖边很久很久

任凭岁月脚下漂流

望洞庭水天一色

看烟雨润泽九州

迎来了多少迁客骚人

送走了多少狼烟王侯

借题流丹的飞檐重阁

望湖兴叹可有渔鼓歌喉

巍峨江南很久很久

情怀不倦涛声依旧

后天下之乐而乐

先天下之忧而忧

登斯楼望尽沧海桑田

举薪火代有后生翘楚

借问当年的小乔公瑾

花好月圆可否天长地久

人间邀月照名楼

景千古啊人风流

我心常戚梦名楼

景悠悠啊伴乡愁

也许是今生有缘

多少次与你梦中神见

当我走到你的跟前

仿佛走进一幅山水画卷

也许是不竭心愿

多少年赏你深藏容颜

当我每次流连忘返

好像峰回路转飘然欲仙

相见恨晚啊久仰的君山

一程山水　别样洞天

相识恨短啊美丽的君山

方圆风景　万种潋滟

迷在君山　醉在君山

山如君伴何惜风雨流年

乐在君山　爱在君山

山与岁月结下不解情缘

啊　洞庭环绕的君山

啊　心中伫立的君山

湘妃竹

君山湘妃竹
沾满泪滴珠
流进洞庭成波浪
哭了千年何时休

君山湘妃竹
挂满相思愁
抖落叶片化扁舟
为爱寻尽天涯路

爱梦悠悠盼尽头
只见蝴蝶共蹁舞
留下一段千古情
付与岁月逝水流

古镇·古村

那些岁月疏远的古镇
当下成了一片时尚风景
那些冷落荒凉的古村
如今成了一个新宠热门

有谁记得当年的古镇
凝聚了多少鲜活青春
谁能说清家乡的古村
繁衍了多少先辈亲情

古镇　人间的立体丹青
青山依旧　月朗风清
古村　故乡的隐逸背影
海棠啼血　沧桑悠魂

跟随岁月的雁归鸟鸣
追寻踪迹　领略遗韵
撩开丛丛的衰草枯藤
眺望前世　抚思今生

让光宗耀祖的牌坊挂匾
像天上繁星耀古烁今
让敦世厉俗的楹联诗文
在千秋万代行吟传承

田在梯上美

是谁在这里凿山弄土
勾勒一道道等高曲线
让千年山峦不老
彩练起舞　盘龙飞旋

是谁在这里大挥手笔
铺陈一幅幅泥土画卷
让沧海桑田重生
绕岭笙歌　雕琢诗篇

那一垄垄逶迤的稻田
像一块块垒高的叠盘
那一丛丛泛黄的稻穗
像一块块金色的绣匾

那一片片斑斓的拼图
像一朵朵绚丽的云彩
那一圈圈浸染的森方
像一双双含情的媚眼

寻美的眼睛为它迷恋
追梦的脚步为它留恋
我来到这里的时候
上山惊叹　下山心颤

桃花源

采菊东篱下

悠然见南山

当年那首千古绝唱

惊鸿了烟火人间

陶公那记桃花源哟

留下了迷津洞天

踏春桃花源

怡然醉南山

如今那片花坞奇观

走进了缤纷画卷

桃花盛开遍野烂漫

红火在口碑诗篇

我乘鸢飞草长

徜徉在江南

不与春风戏桃花

寻踪何处可耕田

我披一身烟雨

行吟在江南

不与蜂蝶争花香

走出幽梦追诗仙

香格里拉

彩云拥簇在蓝天上

山花争俏在原野上

草甸绿毯铺满大地

牧归牛羊游荡远方

是谁把漫山野花燃成丛火

撩起马鞭在空中飞扬

是谁把这方山水塑造如画

引来雄鹰在雪峰流连翱翔

月亮悬挂在夜空上

花香弥漫在大地上

锅庄篝火激情燃烧

纳西古乐韵深悠长

是谁在海子湖畔唱起歌谣

诉说远去的茶道马帮

是谁把兰月山谷无言穿越

岁月多情为明天默默梳妆

啊　香格里拉

你像烂漫的格桑花美若天堂

啊　香格里拉

你像浓郁的青稞酒醉人梦乡

茶马古道

那片大地上云缠雾绕

吆喝着一支古老歌谣

那方巍巍的崇山峻岭

走来了一条茶马古道

千年岁月的朝阳夕照

辉映着一群马帮风骚

万里路途的丛丛野草

见证了多少月黑风高

风雨摇曳着串铃马套

远方驮来了茶担盐包

惊鸿天地的马蹄声声

格桑花为它绽放深情微笑

谁在马背上行舟架桥

时光穿越了悲壮崖峭

一路踏碎的沧桑故事

雄鹰在蓝天为它盘旋寻找

扎尕那

这里的大地好高

云朵飘散在头顶上

扎西伸手采来

缀成洁白的哈达

挂在幡杆上

纵马如飞驰

追梦迎吉祥

这里的天空好低

星星洒落在毡房上

卓玛顺手拾来

串成晶莹的链子

戴在脚腕上

走路像舞蹈

脚步也歌唱

雅拉索　阿尕那

格桑花烂漫的地方

雅拉索　阿朵那

千年秘境生息的风光

雅拉索　阿尕那

一方净土寄托的梦想

绿色的海洋

谁用套马杆套出太阳

蓝色的天空

谁用红缨鞭甩出霞光

哟荷伊　哟荷伊　哟荷伊

天边的骏马追逐岁月

遍野的牛羊翻滚波浪

又一个吉祥的日子

来到了茫茫草原

来到了牧马人身旁

静谧的夜晚

谁用铜火锅点燃月亮

白色的毡房

谁用鲜奶茶薰香时光

哟荷伊　哟荷伊　哟荷伊

遍地的野花撒野绽放

袅袅的炊烟飘向远方

好一首马头琴欢歌

唱醉了风流草原

唱醉了牧民的梦乡

我在黄山等你

我在黄山等你
把云蒸霞蔚尽收眼底
来一番牧野猎趣
让心灵风尘好好洗礼

我在黄山等你
到松林竹海呼吸气息
来一场吟哦放歌
让不老情怀绵绵无期

我在黄山等你
到千仞绝壁探幽观奇
来一回戴月摘星
让悠悠梦想攀登高地

我在黄山等你
把峰峦叠翠写生描绘
来一次闲云野鹤
让匆匆人生诗情画意

我在等你　黄山等你
迎客松为你招手牵衣
岁月等你　黄山等你
飞来石与你共秀雄奇

老山城

喝一口老酒回味古城

任凭风儿牵我追寻

谁说岁月沧桑了容貌

分明老城墙凝固成斑斑风景

吊脚楼重叠在悬崖

盖碗茶飘溢出芳芬

那盆滚烫的麻辣火锅

依然让我禁不住口水滴淋

撑一把雨伞走进古镇

任凭烟雨朦胧风情

谁说老街包装了传说

分明石板路在脚下弯弯导行

黄葛树绽放出新绿

龙门阵笑闻那乡音

多少如烟的巴蜀故事

依稀让我陶醉在江涛述评

我多想川剧变脸迷幻心境

我多想川江号子鼓劲提神

我祈盼坡子梯街四处延伸
我渴望街坊幺妹那份温情

哦　老山城又逢新山城
哦　眷恋让我梦里牵魂

湘西山水

这里是山的天下

山连着山　山靠着山

山上有山　山外有山

凌空峭仞　直冲霄汉

攀峰举目眺望

好一派侠骨倚天的大观

嶙峋峥嵘　势欲刺破苍天

这里是水的故乡

水牵着水　水叠着水

飞瀑流泉　湍石迥滩

清莹碧绿　柔水涟涟

放排划江溯源

收不尽浪花溪语的激潋

情倾故土　润泽沧海桑田

这里的山水是一家

山依着水　水偎着山

山环水绕　抱翠拥峦

山水交融　忘情缠绵

相濡天地之间

守不够山清水秀的眷恋

风雨春秋　绝配风情万千

啊　湘西的奇山幽水

你是我走不出的人间画卷

啊　湘西的山容水韵

你是我醉不醒的梦境诗篇

山水芙蓉

一条悠悠的猛洞河

流淌着碧波叠翠

双层飞泻的大瀑布

狂啸声惊天动地

远古峥嵘的红石林

宛如玛瑙昂然耸立

摆手歌　茅斯舞

欢了村寨　乐了乡里

云雾缭绕的吊脚楼

飞峙在山崖流溪

黑瓦黄墙的石板街

绵延着梯玛传奇

火塘吊煮的黑酽茶

浓郁飘香代代辈辈

家酿酒　手擀粉

壮了阿哥　美了阿妹

青山绿水潋滟的秀丽

在歌里　在诗里　在画里

土家苗寨相依的传说

在心里　在梦里　在书里

山水之约

妹娃　你在哪里

我在大山里等你

这里有松竹为伴

这里有山水相依

看看青山绿水

闻闻林涛气息

在我们憧憬的地方

痛饮一瓢乡愁的甘泉

捡回当年推你过河的记忆

妹娃　你在哪里

我在竹海里等你

这里有清风明月

这里有山味野趣

享受岁月静好

陶醉星转斗移

在我们追寻的梦乡

重唱一曲相亲的山歌

再温当年推你过河的甜蜜

不是仙境天堂

处处天生地造的风光

不是神话传说

满目惊世骇俗的形象

远眺它的模样

像汉子称雄人间天上

仰望它的美容

像女神裸浴翡翠山庄

走近它的身旁

男儿惊叹它豪放阳刚

撩开它的面纱

女人惊慕它美貌容芳

丹霞　你是问鼎苍天的万象

绵江　你是柔情似水的梦乡

三步一风景　十里一画廊

雄险奇秀是你加冕的大礼妆

神奇的丹霞

雪花

朵朵圣洁的天使奇葩
带着新年的深情表达
扑向大地亲密重逢
银装素裹　启幕童话

山崖红梅披起面纱
匆匆过客染上银发
大千世界万里留白
琼林玉树缀入诗画

天开心　地开心
漫天飞舞　飘飘洒洒
爱开心　情开心
寒江垂钓　温酒煮茶

下吧　绽放冬天的银花
人间收下盛情的丰年贺卡
来吧　远方温暖的牵挂
相约踏雪绝尘去追梦出发

第六辑 ∞ 江河湖海

江河海湖

眺望神州的江河海湖

泱泱不息　俯首长流

你用汩汩甘甜的乳汁

滋润广袤无垠的山川故土

守望祖国的江河海湖

纵横连襟　情同手足

你用大爱多情的臂膀

挽起五十六个兄弟民族

江水滔滔　河水悠悠

你让我的家园丰腴富庶

海浪滚滚　湖光粼粼

你让华夏大地钟灵毓秀

掬一瓢你的盈盈清水

滋润心田　强壮筋骨

踏一卷你的惊天浪涛

豪情万种　激荡心头

波涌浪奔的江河海湖

我们千种憧憬　万般祝福

血脉相连的江河海湖

我们胞波相濡　岁月共流

黄河

从天上飞来的大河

千古奔腾　波澜壮阔

汇聚千山万壑的甘泉

积成皇天后土的恩泽

金灿灿起舞

翻滚滚扬波

滋润着沿途村舍烟火

浇灌着万顷麦苗稻禾

哎嗨　哎嗨　哎嗨嗨哟

向大海奔去的大河

千回百转　浪颠风簸

揣着长河落日的传说

带着九曲连环的杰作

浩荡荡向前

哗啦啦欢歌

激荡着两岸喜怒哀乐

洗礼着华夏儿女魂魄

哎嗨　哎嗨　哎嗨嗨哟

黄河浪是金色滔天的锦帛

黄河谣是岁月倾情的诉说

黄河水是梦想奔腾的诗歌

黄河情是神州流淌的脉搏

哎嗨哟　哎嗨哟　哎嗨嗨哟

没有长江长

没有黄河黄

前浪流过乡愁沧桑

后浪涌来繁荣富强

你的浪花银珠闪亮

你的传记源远流长

你连接着昨天和明天

万里扬波奔向海洋

比肩长江长

媲美黄河浪

大江激流千回百转

江水滋润桂粤南疆

你的波浪荡出天路

你的涛声荡气回肠

你满载着两岸的风情

千帆竞发追梦远方

海之恋

看见你的时候

我的世界化作一片蔚蓝

听到你的潮汐

我的心里涌起阵阵波澜

大海啊大海

向天极地　惊涛拍岸

每一次走近你的身边

深深震撼　久久流连

你把江河溪流

接纳成波的壮阔浩瀚

你把日月星辰

收留在浪的怀抱心间

大海啊大海

浩荡无涯　宽广情怀

每一次感受你的气派

心生敬意　依依眷恋

心与海

海风抚摸着我的鬓发

涛声拍打着我的心怀

海在我的前方久久等待

我在海的身旁流连徘徊

海的浪花开了又谢

我的心花谢了又开

海上升起明月的时候

我的世界消散了阴霾

啊　心与海契合着交响节拍

潮流与风流都出彩

潮汐收藏着我的脚印

波涛澎湃着我的血脉

海在我的眼里千姿百态

我在海的怀抱淋漓痛快

海的浪潮来了又去

我的思潮去了又来

海上潮涌浪欢的时候

我的心中沸腾成大海

啊　心与海相拥着无言情怀

赶潮与弄潮都是爱

观海听涛

都说大海的涛声千年依旧

其实那是一首不老的歌谣

我总爱到大海边走走看看

听听天边卷来的惊心波涛

远听好像是海在追逐咆哮

近听又像是海的歌唱欢笑

后浪推涌着前浪忘形冲跑

越听深处越品出多少奇妙

海涛也像是我每天的心跳

浪花澎湃着我胸中的心潮

一波接连着一波送来欢乐

越是贴近越像洗礼着忧伤烦恼

哦 幽幽无尽的大海

你总向人间敞开温柔的怀抱

哦 浩浩荡荡的大海

你是我人生藏梦的蓝色水窖

南海听涛

天边涌来的海潮

惊涛拍岸　向天狂飙

撒野的大海啊

你在向谁咆哮

我乘风在波峰浪谷

把你不安的灵魂寻找

哦　找到了

那是你欢乐的心跳

哦　听到了

那是你不老的歌谣

海滩拾贝的女孩

还在嬉戏陶醉你的浪花拥抱

天边涌来的海潮

追波逐浪　激扬风暴

狂放的大海啊

你在向谁喧嚣

我寻觅在大海深处

为你不羁的风采素描

哦　看见了

你那副澎湃的风骚

哦　明白了

你终生向往着奔跑

海上明月的夜晚

涛声阵阵总在我的心中缭绕

踏浪赶涛

我在南方观海听涛

寻找当年的渔火戏潮

那悠悠的渔舟唱晚

还在梦中萦绕

远方归来的风帆

可曾看见拉网的风骚

天边卷来的浪花

可曾洗礼摇桨的阿娇

哦　在我心中的共鸣

依然是拍岸的阵阵惊涛

我在南方踏浪赶涛

追寻明天的海阔天高

那遥远的海上丝路

总在心中追跑

迎风飞翔的海鸥

可曾饱览海疆的妖娆

我那不安的灵魂

总是沉醉于大海的歌谣

哦　让我留恋的风光

海上生明月的潮韵良宵

海之南

谁在四海环绕的地方
让春风拂去风雨沧桑
谁在荒漠沉寂的岛屿
把希望播种茫茫海疆

谁在海水捧出的岛上
让海韵奏响千古绝唱
谁在天涯撬动起海角
让八面来风灿灿星光

五指山在默默地眺望
蓝天白云变幻多彩的模样
万泉河在哗哗地诉说
这片土地传奇的今生过往

来吧　海鸥翩翩邀你追梦逐浪
来吧　椰林深深等你阅尽斜阳
走进四季葱茏的海之南
尽情挥洒你美丽的诗行

渔船是家当

大海是故乡

乘浪潮托举太阳

栖波谷头枕星光

饮着浊酒壮行远方

唱着渔歌劈波斩浪

出海哟出海

风浪人生　人生风浪

浪花翻滚　心花怒放

海风是翅膀

浪涛是脊梁

让海鸥陪伴桅樯

划橹桨摇醉梦乡

解缆松绑释放沧桑

起锚扬帆追寻向往

闯海哟闯海

较量人生　人生较量

浪潮汹涌　思潮飞扬

渔家乐

风从海上来

风从海上来

浪拍喜讯来

那根纤绳是迎接的手

那边岸堤是敞开的怀

莫让脚步漂水流

莫让梦想挂高台

潮起潮落也有情

浪奔浪流都是爱

风从海上来

她在等谁来

那方丝帕是挥动的手

那面笑容是温暖的怀

莫让金樽空对月

莫让心思空徘徊

聚散离合终是缘

惊涛难平相思债

南海小小渔村

是我童年的仙境

海浪亲着我的家

海岸扎着家的根

村中有渔火风灯

村头有舟楫帆影

阿公的长橹摇啊

摇退了风浪　摇近了黄昏

阿婆的编织梭啊

编进了明月　织满了星辰

南海小小渔村

是我难拾的梦境

海风捎去我的爱

海涛洗礼我的魂

听不够渔舟唱晚

看不尽渔港风情

阿哥的渔网拉啊

拉长了日子　捕满了金银

南海渔村

阿娇的渔歌谣啊
唱欢了浪花　唱醉了海神

潮汐收藏了岁月脚印
海风拂新了海湾风景
我在潮起潮落中寻找
寻找当年的小小渔村

海湾长长的葱绿

那是远古走来的绿色脚步

相濡沧海桑田

留给未来一幅浓郁图画

海湾丛丛的葱绿

那是祖先留下的绿色绸缎

任凭风吹浪打

留给人间一片纯情荫福

在滩涂上与岁月共度

在风雨中伴大海共舞

留住老根　留住本色

留在漫漫大地的水土深处

在开怀时听候鸟倾诉

在空巢后随潮汐起伏

守住初心　守住浓情

守护悠悠湾畔的平安幸福

红树林

瀑布

你从天上下凡

点点滴滴　积洼成源

岁月拦不住向往

狭路挡不住夙愿

走出千涧万壑

告别峰谷青山

哪怕此去粉身碎骨

哪怕前方悬崖深渊

你总是心神激昂

雄浑狂啸　飞泻向前

你那绝尘跳远

惊心动魄　天地震颤

横空挂出了银幕

风光飘逸在天边

声声凄美绝唱

绕岭回荡惊叹

何曾惜落珠肌玉体

更让香魂升腾雾岚

你终归平复温柔

脚下积潭　缠绵人间

踏着弯弯的斑驳石径
走进古老的江南园林
洞天里嶙峋瘦削的裸石
屹立在角隅　隐逸在院庭

万年身姿　依然硬朗遒劲
顽石不顽　躬身爬满紫藤
倾听着吴侬软语越曲
沉醉在远方古刹钟声

遍体沧桑　宛如镂空丹青
拙朴厚重　一派凛然率真
激滟着太湖浩渺烟波
淡定着姑苏绿酒红灯

那一幅鬼斧神工的画境
那一缕清风伴月的遗韵
兀立天下　越古逾今
挺一柱荣辱不惊的石魂

太湖石

第六辑　江河湖海

121

三门岛

都说你是人间的一方仙迹
都说你是南海的缥缈传奇
我曾想撩开你那迷人的面纱
我总想探寻你那千古的神秘

你守望东方之珠冉冉升起
你扶摇大鹏鸟振翅高飞
你用万顷波涛梳妆着美丽
还在痴情无悔地守望着谁

多少年总是相伴月落乌啼
多少回总在相送渔火舟楫
你与通灵宝玉祈福着两岸
还有相思湖中的相思泪滴

三门岛　一团雾锁的谜
走进你就走进了惊奇的天地
三门岛　一道寻觅的梦
离开你总离不开铭心的记忆

第七辑 ∞ 大爱无言

能量

你是我的长天太阳

我是你的夜空月亮

无论流年斗转星移

都把光和热挥洒人间天上

你是我的巍巍山梁

我是你的悠悠水乡

无论相逢天涯海角

共携刚与柔缔造地久天长

春为秋播种绿色苗秧

秋为春收获金色果粮

默契总在无言的冬季

让火热的夏天催熟稻香

爱你的人给你无限希望

爱我的人给我无穷力量

同心牵手在多情的岁月

让神奇的能量传递在爱的方向

珍爱

这年头好上了多不容易
这世上爱上了都是奇迹
谁是我的你　你是那个谁
人海茫茫偏偏遇见了你

漫漫长夜遇上星光熠熠
河边柳林遇上小鸟依依
我牵手了你　你选择了我
其实都是缘分有情成对

人生如歌不尽诗情画意
因为有爱来自彼此心底
风雨同舟行　冷暖相怜惜
磕磕碰碰也是日子花絮

生活就像镜子照着自己
有爱滋润的时候最美丽
情深日久如酿陈年老酒
相濡以沫的岁月最甜蜜

怀旧难忘

老同学老同事老家同乡
总让我们时常牵挂难忘
无论远隔千山万水
身旁留念的照片翻得发黄

同过天同过地同过时光
曾让我们结下情深谊长
每当回忆那些故事
心头禁不住翻滚泪花满眶

总想再牵手去搂搂肩膀
拍打着胸膛痛快诉说过往
喝碗老酒　大声歌唱
追寻我们那时的青春模样

虽然回不去从前的时光
彼此的热血还在交汇流淌
频频祝福　默默守望
让我们借风托云遥送吉祥

翻开老影集

重逢在往昔

曾经远去的面容

又鲜活在眼里

当年情景　成了故事

同框的你我已经久违

孤帆远影的我

常让泪花模糊了你

啊　那时的我

啊　那时的你

合上老影集

掩不住记忆

一杯陈年的老酒

又弥漫在心里

回味昨天　依然甜蜜

多少次期盼幸福相聚

岁月长河的我

再邀来年共享惊喜

啊　此时的我

啊　此时的你

再见

多少次挥手再见
多少回握手再见
就像春去春回
重现在你我之间

多少次惜别再见
多少回重逢再见
就像燕去燕归
往复在岁岁年年

每一次难舍再见
又总是盼望再见
牵挂别来无恙
祝福在默默怀念

同路人　梦同在
再见了还想再见
心相通　情相连
再见了总会再见

这是一方多情的土地
眷恋着父老乡亲兄弟姐妹
多少年追寻着花好月圆
多少代播种着那份情意

岁月沧桑　南北东西
中华一家月圆在心里
雪中送炭　雨中送伞
一方有难　八方应急

也许只是一把薪火炊米
哪怕投来关爱的一瞥
给无助的灵魂一线希望
给干涸的心田一片绿意

山水相连　人心相惜
关爱作伴　四海同喜
赠人玫瑰　手留余香
扦花栽树自有千秋功绩

关爱

亲人

梦里把你轻轻呼唤

醒来与你深深依恋

人生旅途无论多么遥远

你的身影总在我的身边

多少回心灵抚慰扬起希望风帆

多少次牵手相扶踏过坎坷险关

因为你留下的故事太多太多

你的音容就是我心中的春天

你是我人生的贴心伙伴

你是我事业的引航渡船

你是我精神的化雨春风

你是我生活的吐丝老蚕

亲人　我的亲人

你情重如山　义薄云天

一腔热血流淌着爱的奉献

亲人　我的亲人

你播撒着情　缔结着缘

愿苍天保佑你长寿平安

一帧照片　引起一串回忆

一份礼物　溢出一场亲昵

睹物思人

胸中荡起不息的涟漪

斯人虽然天涯去

梦中时时来相会

任凭岁月匆匆如逝水

唯有情谊更珍惜

好像内心世界里

有朵永不凋谢的红玫瑰

一曲小调　哼出一段经历

一件收藏　留下一份珍奇

触景生情

人生涌起不绝的话题

往事虽然久违去

魂中悠悠难别离

任凭世事纷纷如烟云

且把情谊记心里

好像人生画廊中

有块圣洁美好的新天地

人情味

世上有百味

最美人情味

味在情上溢

美在那心里

少了人情味万物都变味

有了人情味生活多滋味

珍惜做人不容易

何必孤情演寡义

富有人情味

世界才有多美丽

但愿春风常拂面

我的兄弟姐妹

世上有百味

最好人情味

味比千金贵

醉在那梦里

缺了人情味人间多乏味

多点人情味一切有意味

既然来世不容易

何苦冷面加冷眉

讲点人情味

生活该有多欢喜

唯愿甘露长润心

我的兄弟姐妹

（姚峰谱曲，薛迩州演唱）

朋友

茫茫人海是你风雨同舟

滚滚红尘是你迎风引路

浪迹天涯是你祈祷祝福

悲欢离合是你环顾左右

人间冷暖是你牵肠挂肚

生活百味是你分享甘苦

愁上眉头是你解囊相助

难言之隐是你掏心倾诉

你像一盏灯　照亮我人生旅途

你像一本书　启迪我真善美丑

你像一方土　收获我营养谷物

你像一棵树　撑护我旦夕祸福

感谢你　远道同行的驴友

好一对生命常青的松竹

感恩你　没有血缘的手足

好一杯心头久醉的老酒

兄弟姐妹

道一声兄弟姐妹

心中有多么甜蜜

我们同顶一片天

我们同在一方地

九州方圆是大家

长城内外是祖籍

道一声兄弟姐妹

相互有多少话题

我们同读一本书

我们同举一杆旗

血肉同胞手足情

东方神州是根基

啊　兄弟姐妹

啊　姐妹兄弟

无论经历多少沧桑

龙飞凤舞是我们永恒的旋律

无论未来多么遥远

振兴中华是我们共同的希冀

明月情

把盏邀明月

中秋倍思亲

骨肉脉　手足情

最是牵挂萦怀心

山水隔不断

岁月流不尽

纵有悲欢与离合

亲人思念最绕魂

江山易老天亦老

天长地久爱为珍

啊　天长地久爱为珍

万众仰明月

中秋倍思亲

朋友缘　至交情

扶助相携重千金

功利泊不淡

物欲流不横

莫道世态有炎凉

情义如虹贯古今

时空演绎多变幻

婵娟依然不老情

啊　婵娟依然不老情

（张平、张刚谱曲，刘小幻演唱）

衷心祝福

无论你走到天涯何方
请把我的祝福装进行囊
无论你别离多么遥远
请把我的祝福悉心珍藏

也许你征程山高水长
也许你险遭风雨雪霜
也许你难熬孤灯寒夜
也许你困扰无奈忧伤

揣上它找到寻梦的方向
想起它充满无穷的力量
记住它平添神奇的智慧
念着它获得祈祷的安康

礼物无形全是爱的衷肠
瑰宝无价满含情的分量
一声祝福　万千期望
愿我心意化作你快乐吉祥

献上鲜花

点燃蜡烛

举起香醇美酒

我为你虔诚祈祷

我为你衷心祝福

祝你生日快乐

祝你年年进步

祝你万事如意

祝你前程锦绣

漫漫人生

我们结伴兼程风雨同舟

写封书信

捎份礼物

寄颗相思红豆

我为你默默祈祷

我为你深深祝福

祝你生日快乐

祝你好运长久

祝你岁岁平安

祝你健康长寿

悠悠岁月

我们携手前行风雨同舟

心之歌

悠悠岁月河
汇合着你和我
同是追梦人
我们心相约
多少次微笑和问候
都是团团暖心的火
无论日出日又落
多情的双手总相握

金色阳关道
结缘着你和我
同走复兴路
我们共欢乐
多少次相见又再见
都是首首难忘的歌
任凭花开花又落
珍重与祝福在心窝

第八辑 ∞ 天下无恙

心愿

多想变成一只雄鹰
穿越霄汉慰问苍天
多想变成一片云雨
化作甘霖滋润大地

多想变成一挂云帆
劈波斩浪相伴大海
多想变成一队鸿雁
翱翔长空引领未来

想学百灵歌唱人间
想像蝴蝶缀彩家园
想变大树撒绿原野
想成青山守望平安

我总想走出梦的世界
把生命的火花引燃
我要实现祈祷的心愿
让母亲的微笑永恒

感恩生命

我总想对生命纵情歌唱
你是那么平凡而又神奇
我总想为生命大书特写
你是那样受难而又矜贵

是你承载岁月的恩泽
让我享受人生甘甜福禧
是你带来无限的希望
与我偶合春秋绵绵传奇

经过痛苦血泪的呻吟
惊醒我对你曾经的久违
遭遇灾难危亡的袭击
唤起我对你无比的爱惜

啊　天地间我的唯一
我要把你当作真正的自己
尊重你在人生的年年岁岁
拥抱你共度每一个朝朝夕夕

苍天之下

苍天之下　苍天之下
那虫那鸟那马
都是血肉之躯的生灵
在你心中可愿开怀容纳

苍天之下　苍天之下
那草那木那花
都是千姿百态的容颜
在你眼中可曾惜美如画

苍天之下　苍天之下
那巢那窝那家
都有栖息入梦的温床
你未了情可会守望牵挂

苍天之下　苍天之下
那山那水那土
都是生命不息的根源
你在岁月可曾感恩报答

苍天之下是一家

有你有我还有多少个它

最是难忘　共存童话

也曾痛心惊魂泪眼婆娑

苍天之下爱为大

共与枯荣同经风吹雨打

尊重生命　爱护自然

彼此相惜安度春秋冬夏

爱无疆

隆冬时节

荆楚风急有恙

不见战争　却成战场

没有钢枪　只有心肠

安天下　封城乡

众志筑高墙

守心是妙方

何惧荼毒狂

瘟神驱赶忙

冬寒过后见春阳

火在前方　情在路上

黄鹤飞了

神州翘首眺望

春潮逐寒　歌起八方

白衣降临　送来吉祥

长江长　爱无疆

热干面没凉

人间唇齿香

温暖送身旁

真情闪光芒

默默祈祷颂安康

明天太平　鸟语花香

想问庚子春天

是不是那股瘟疫挡道

为何姗姗迟来

千城万户渴望春暖花开

且问庚子春天

敢不敢仗义抱雷挟电

横扫魔瘟鬼怪

奉还荆楚大地平安世界

试问庚子春天

这里如歌如泣的故事

可否化作神奇

花开城乡　叠翠村寨

再问庚子春天

别性急乘风匆匆离开

可愿停留下来

绿肥红瘦　任尔剪裁

多情的庚子春天

这方深情厚爱的热土

请你长驻下来

耕云播雨　春潮澎湃

大爱无疆

收集遥望的眼光

像那漫天的闪闪繁星

装满痛惜的热泪

宛如一条条暖心河流

垒起襄助的行囊

恰似一座座情义山峰

挽起同胞的援手

又是一座传奇的长城

这是爱的滚滚春潮

这是情的众志成城

跨越千山万水

逢凶化吉　转危为安

赞美你　别样的热土

生死战场变成大爱广场

歌唱你　难忘的春天

殊死较量变成乐章传扬

悠悠长江　流淌沧桑

可曾捎走昨天的忧伤

白色身影　阳春眼光

绝望变希望　呻吟变歌唱

待到日出红似火

又见江上明月光

辉映白色玫瑰

鲜亮杏林脊梁

一腔大爱瑞气

纵横万里　浩荡东方

滚滚长江　奔向远方

可曾珍藏口罩的国殇

白衣天使　如神心肠

花萎变怒放　地狱变天堂

欣闻江汉关钟响

又逢春暖万花香

大美白色玫瑰

流芳杏林脊梁

一把华夏薪火

代代相传　地久天长

陌生的恩人

为了远方的生命呼唤

你顶风踏雪　匆匆赶来

生死相助　置身度外

让枯木逢春在桃红李白

为了梦乡的岁月静好

你轻抬脚步　悄悄离开

没有拥抱　默默告别

把白衣天使的背影留下来

来不及看清你的容颜

来不及回报你的大爱

来不及喝杯交心的老酒

过命的恩情　镌刻在心怀

陌生的恩人　何日再来

我们等你在春暖花开

陌生的恩人　何日相逢

我们陪你去战地重游

领略荆楚大地的葱茏妖娆

看看生命之花的怒放风采

白玫瑰

剪秀发　卸容妆
白衣更换新娘装
儿女情　装行囊
告别亲人往前闯
喜酒留心房
泪花凝双眶
转身绝尘去远方
哪顾风雨狂

女儿心　在战场
为诺万家解忧伤
无昼夜　征战忙
红颜斗胆驱魔王
眼神送阳光
纤手保安康
白色玫瑰正绽放
人间吐芬芳

让我们联手

朋友　朋友

让我们共同携手

朋友　朋友

让爱心消灾祈福

花好月圆的大地

尊严的生命远离忧愁

联手　联手

众志成城的队伍

联手　联手

抗灾救险在征途

人定胜天的神话

就在我们共同的肩头

英雄辈出的中华民族

何惧灾难险阻

经过风雨洗礼的家园

前程更加锦绣

（彭先诚谱曲）

我多想种一株果树

快快长大　硕果累累

送给你分享鲜味

还有一股清香捎在风尾

姑娘啊　请你收下

那是我的一点心意

只要你心头甜蜜

窗前的雨滴啊

就是我欣喜的热泪

我还想种一片绿树

蔚然成林　披盖大地

送给你清凉养颜

还有绿色翡翠捎在梦里

姑娘啊　请你接受

那是我的一份彩礼

只要你幸福快乐

烂漫的山花啊

就是我迎亲的嫁衣

绿色彩礼

母亲泪

从前我的母亲丰韵漂亮

天生丽质不施粉妆

鸟儿为她歌唱

花儿为她飘香

青山绿水彩装披在身上

我们幸福地在她怀抱成长

为了哺育代代儿女

她付出了多少乳汁奶酿

还有无尽造福故乡的蕴藏

如今我的母亲历尽沧桑

浑身污染遍体鳞伤

容颜少了色彩

气息少了芬芳

蓝天白云头纱消失远方

岁月噩梦她衰老美丽健康

面对子孙殷殷渴望

她痛失了多少祖传积粮

还有许多馈赠万代的珍藏

母亲的故事就发生在身旁

母亲的眼泪干涸在沙漠河床

谁在聆听她的呻吟泣诉

阵阵咽痛　声声忧伤

啊　母亲

啊　我的母亲

啊　我亲爱的母亲

中国心

都市乡村空荡隐形

白天黑夜处处安静

不见行人　都懂其心

你的难　我的疼

一切都在无言心灵

武汉挺住　武汉加油

亿万同胞与你共存

大灾当前一家人

大难之中格外亲

新年好梦蓦然惊魂

春风化雨瑞气升腾

莫要忧伤　耐住安宁

四面爱　八方情

都在与你结缘同行

我的祖国　我的亲人

熬过寒冬迎来阳春

桃红李白更妖娆

风雨绽放中国心

第九辑 ∞ 故园乡愁

中秋

这一天风儿格外爽

桂花香里说吴刚

这一天家人团团坐

七星伴月甜心上

这一天相思也时尚

孤单的人会受伤

这一天夜晚最难忘

杯中盛满银月光

这一天走过山水长

秦时明月在天上

这一天留下不了情

千里嫦娥望故乡

这一天目光向远方

路上的人你可安康

这一天世界在身旁

祝福的歌儿轻轻唱

这一天　是中秋

年年相约　欢聚一堂

这一天　叫团圆

梦里梦外　一生守望

故乡在远方

昨天的春风别无恙

今夜里身心入梦乡

飘飘然　追天堂

忽闻风雨敲临窗

夜茫茫　月凄凉

只见青藤爬院墙

哦　这里是他乡

缕缕乡愁搅肝肠

岁月的山花尽沧桑

追梦的脚步在路上

人匆匆　行无疆

乡音惊魂绕耳旁

灯阑珊　眨星光

满街充闻南北腔

哦　故乡在远方

热泪无言想爹娘

风雨故乡情

离家的路上起着风
风轻轻　柳戚戚
小荷露出尖尖角
蜻蜓无言水中立
出门的时候下着雨
雨潇潇　淅沥沥
桃花探出粉红脸
我的心情漾涟漪
故乡的风啊
在我脸上丝丝缕缕
故乡的雨啊
在我心头点点滴滴

回家的路上迎着风
风微微　柳依依
瓜果熟了正飘香
我怀乡愁归故里
回家的时候洒着雨
雨蒙蒙　涔漓漓
槐花飘落肩头上

我的心田酿起蜜

故乡的风啊

在我梦里缠缠绵绵

故乡的雨啊

我在他乡寻寻觅觅

春风伴还乡

翠竹围村庄

绿荷漾池塘

小桥流水弯弯绕

田野牧笛醉斜阳

借与春风阡陌间

放目眺望　览尽风光

桃花红　李花白　菜花黄

春意正浓闹故乡

黛瓦遮粉墙

炊烟十里香

小院悠悠农家乐

村姑含羞弄嫁妆

乘兴追梦抒乡愁

几番掠影　满满收藏

燕子飞　狗儿叫　蜂蝶忙

最是情酣醉桑梓

又看到田畴地畈的桑麻

又闻到村头撒香的槐花

又摸到左邻右舍的篱笆

又见到日夜思念的爹妈

浓浓的乡音　憨憨的土话

像陶醉的米酒土菜新茶

那条心头秘境的小河边

让我流连在那段青梅竹马

回老家啊回老家

满怀的乡愁绽开了花

回老家啊回老家

倾诉的乡情关不住闸

无论我走遍海角天涯

血脉连心的根子在老家

无论我人生春去秋来

永远朝圣不尽的是老家

回老家

祠堂

古老的家族祠堂

像一片神奇无边的磁场

千秋万代　千家万户

簇拥聚居在它的身旁

无论游子他乡

无论迁徙远方

终有一个时刻

回归故里　相聚一场

让多少悲欢离合

倾诉在祖宗的逆时光

古老的家族祠堂

像一颗永远跳动的心脏

生生不息　薪火相传

开枝蔓叶在它的谱章

无论天南地北

无论岁月沧桑

总在相同时辰

供奉香案　跪拜高堂

把悠悠血脉情缘

恒定在高高的神龛上

故土飘香

其实泪曾浇香
化作了沧桑岁月的渴望
如今汗也溢香
播下的种子在泥土中疯长
待到春去秋来
五谷飘香　瓜果飘香
农家的笑声在田野中荡漾

其实心在怀香
化作了耕云播雨的希望
如今情也流香
金色的收获醉了日月星光
喜看年年岁岁
绿茶飘香　米酒飘香
农家的笑容在阳光下绽放

山飘香啊水飘香
故乡好像一个风景画廊
歌飘香啊梦飘香
故乡处处充满和风芬芳

就恋这片土

就恋这片土

农家的心头肉

植着祖宗根

养着后人福

一四七　三六九

麻鞭赶牛　扦秧打谷

山上有山珍

水中有鱼鳅

手有田地库有粮

农家山歌唱风流

就恋这片土

农家的心头肉

播下春天梦

醉饮金秋酒

好时节　勤出手

挥锄舞镰　种瓜得豆

糯米打糍粑

芝麻榨香油

夜枕蛙声入梦乡

农家日子乐悠悠

（舒一夫谱曲，张狄演唱）

故乡亲

他乡山水美

他乡日月新

走遍了东西南北

还是我的故乡亲

总爱听的是乡音

老回首的是家门

常遥望的是老家

最挂念的是双亲

乡愁缕缕啊

牵着游子的心

他乡也有爱

他乡也多情

经历了聚散离合

还是我的故乡亲

唱唱家乡的山歌

醉乐了我的心

望望家乡的月亮

牵走了我的魂

乡关处处啊

踏步的是乡韵

故乡亲啊我是故乡人

乡土里有我的生命根

故乡亲啊我怀桑梓心

乡愁里有我的人生情

乡音乡愁

昨夜风雨来摇窗

犹闻乳名唤耳旁

心潜往

梦中回故乡

老家别无恙

山花撒野香

醒来两行热泪淌

人悠悠　眼茫茫

乡音在何方

秋风瑟瑟日渐凉

无人为我添衣裳

追梦路

何时见高堂

把酒临风处

谁与话沧桑

孤夜难眠望月亮

月光光　心惶惶

乡愁在远方

我的乡愁

袭上心头的乡愁

是我在他乡

回眸遥望

引颈翘首

缠绕脑海的乡愁

是我在天涯

掰指数日

暗自泪流

长夜无眠的乡愁

是我在梦中

推窗望月

叹息无助

辗转路上的乡愁

是我在远方

对风孤饮

一杯闷酒

拭干泪花赶路

游子吟　歌在喉

沧海乘浪横游

叶对根　情未酬

啊　谁与我共乡愁

谁与我共乡愁

老家

甘蔗甜　菜根香

萝卜白菜南瓜汤

砂罐煨白粥

铜壶煮三江

五谷杂粮土味鲜

火锅涮涮麻辣烫

一把瓜子嗑出味道长

浊酒落肚醉心房

布衣暖　蒲扇凉

茅屋寒舍硬板床

粗茶泡淡饭

日晒经风霜

山歌吆喝天地应

赤脚溜溜闯四方

八字眉毛笑来好时光

夜枕蛙声入梦乡

老家的风土不风流

老家的风情也风光

清风明月淡泊心

天不老来地不荒

（巫定定谱曲，郭春梅演唱）

背起太阳

捎上月亮

洒下汗水

播种希望

扁担悠悠挑起民食天

银锄深深挖出锦帛长

恋山恋水恋泥土

热汗热血热心肠

嘿哟哟　农民本是土地神

不尽风流也风光

情牵故土

魂绕山梁

心系田园

梦醉稻香

双手殷殷编织丰年景

腰膀虎虎撑住寒暑霜

勤俭勤巧勤耕作

劳心劳力劳富强

嘿哟哟　农家自有农家乐

春华秋实喜洋洋

（张平、张刚谱曲，余凤兰演唱）

农家乐

翠竹葱葱

荷塘溜溜

炊烟袅袅

村舍簇簇

雄鸡唱晓祖辈梦

耕耘播雨在田畴

好年景　热汗酬

五谷丰登那个喜呀喜丰收

哟呵呵　哟呵呵

唢呐奏追求

秧歌扭风流

衣食父母出农家

土地称神咱农友

民风淳淳

村俗稠稠

乡情浓浓

故土悠悠

布谷啼开年年春

犁杖肩扛造绿洲

红火火　金灿灿

春华秋实那个添呀添锦绣

哟呵呵　哟呵呵

高跷踩沧桑

社戏演春秋

丰腴富庶在农家

皇天后土赞农友

故乡的山歌

故乡的山歌

带着浓浓的泥土清香

飘荡在阡陌田野

回绕在荷塘山岗

故乡的山歌

嗓门敞开着火辣滚烫

唱红了云朵太阳

唱柔了月亮星光

多少难忘的山歌

总是流连在我的心房

她像温暖的春风

伴随我打拼在远方

多少动情的山歌

总是迷魂在我的梦乡

那些原味的乡韵

好像她倾诉的衷肠

说什么一无所有

其实都在身前身后

有泥土　有雨水

还有农家的三六九

只要春天播下了种子

就有年头丰收的金秋

看那小麦扬花　大豆摇铃

棉桃锭银　高粱溜金

我敢向苍天大吼

谁说我农家不富庶

怨什么忙忙碌碌

那是流年的时令节奏

风吹尘　雨浴身

乐有抖摆的秧歌秀

那片汗水挥洒的地方

好运就在那里频招手

到时拎包点数　醉口老酒

逛逛大集　搓搓牌九

我敢拍一把胸口

谁说我农家不风流

山里汉子

离太阳最近的地方
男子汉好像山的模样
山的脊梁　山的担当
柴米山货全靠肩挑背扛
他那背影像堵厚墙
挡住风雨　挡住雪霜
火辣辣山歌吼着唱
唱得山花花红火火
唱得山也高来水也长

离太阳最近的地方
男子汉浑然山的形象
山的胸怀　山的坦荡
人间沧桑化作汗水流淌
他那肩膀像座山梁
背过星星　扛过太阳
一碗碗老酒大口喝
喝得山风风麻麻香
喝得山里人日子滚滚烫

山里的姑娘美

红霞脸蛋弯月眉

满头乌发像瀑布

黑眸子里闪星辉

腰身杨摆柳

山上山下蝴蝶飞

一对小酒窝

盛满微笑　流溢甜蜜

山里的姑娘美

唱起歌儿声声脆

瓦壶沏上功夫茶

米酒酿得心头醉

针线女红巧

鸳鸯荷包绣给谁

一串笑语声

羞涩山花　装点四季

山里的姑娘美

好像凤凰栖山里

山里的姑娘美

娶回家来好福气

峡江女人

峡江泡大的女人

一幅江边的风景

像山花那样美丽

像江水那样柔情

弱肩担春秋

纤手撑船行

山高水长的路上

溅浪花　踏泥泞

放飞山歌　留下身影

峡江走来的女人

一道江畔的风情

有山崖那样坚韧

有江湾那样温存

生涯披风雨

秀发裹头巾

长满老茧的双手

烧香辣　绣彩云

抚平辛酸　操持温馨

农家女

草帽盖着青丝秀发

遮不住如花的风韵年华

汗巾拭着粉红脸颊

擦不去岁月的春光流霞

背上背着春秋冬夏

嘴里咽着酸甜苦辣

汗珠子湿透花衫

田野上蹁跹着那双脚丫

扁担压着娇嫩肩胛

压不垮多情的梦想天下

纽带连着娘亲婆家

累不尽无悔的老少细娃

巧手描红缝补桑麻

心思费尽柴米油茶

笑靥间暗涌泪花

风雨中守候着初心佳话

好个农家女哟

你是芳心烂漫的人间山花

好个农家女哟

你是花好月圆的乡土奇葩

老槐树

村头的那棵老槐树
扎根在老家的沃土
它在岁月中沐风栉雨
把家家户户的平安守候
它让槐花发散着清香
它让枝叶遮挡着寒暑
它像一方灵犀的尊神
庇佑着乡亲家族的荫福

村头的那棵老槐树
相伴着家乡的民俗
它在天地间挺起脊梁
把年年岁岁的吉祥揽住
它让树冠摇荡着和风
它让绿荫默送着祈福
它像一位历史的老人
藏纳着水土造化的世故

老槐树啊老槐树
我总在树下仰头留步
分享着你的千古流芳
共融着这方风情乡愁

柿子红了

柿子红了

湾里村乐了

柿子熟了

湾里人醉了

从前的穷山恶水

如今变模样了

满眼都是青山绿水

山外的小伙哟

进湾来寻亲了

春风绕村

做梦人多了

艳阳高照

开心事多了

湾里的山头地角

如今来大运了

天天都在生金长银

湾里的日子哟

比柿子更甜了

槐花

像那波涛卷起的浪花
像那飘洒堆积的雪花
你总在通天的枝头
把凝结的风月奉献给春夏

像那绿野仙踪的童话
像那清香四溢的奶茶
你总在滚滚的红尘
把纯洁的情思披露得无瑕

我家乡难忘的槐花
你像披上素雅的婚纱
含着无言的两行泪花
走进我梦里的那个她

哦　槐花
哦　槐花

油菜花倾情绽放

让春天披上金色彩装

徜徉在她的方圆

好像走进了诗境画廊

油菜花狂野怒放

让春天飘溢幽幽芬芳

沐浴在她的怀抱

宛如沉醉在人间天堂

油菜花　菜花黄

追梦踏青回故乡

又见田野春风滚太阳

还有我那金子心的好姑娘

油菜花

栀子花

家乡的栀子花
年年开山崖
白如云朵挂枝头
淡淡清香醉春夏

邻家的姑娘她
发小过家家
骑过竹马采过梅
乡亲夸赞栀子花

追梦人走天涯
独爱栀子花
日出日落怀乡愁
入梦处处都是她

掰着指头数一数
哪样美食把舌尖征服
尝过了多少美味佳肴
吃一回川菜把胃口吊足

伴餐首选麻婆豆腐
巴适要数东坡香肘
过瘾点上宫保鸡丁
安逸韵味五香烧卤

顺酒助兴油酥泥鳅
解馋止瘾血旺毛肚
特色名菜夫妻肺片
经典小吃豆花抄手

好一道川菜功夫
林林总总都是口福
麻辣烫中尝尽百味
梦里口水还在馋流

川菜香

作别扁担

你毅然挺腰负重从前
扛来了古今岁岁年年
你一生颠簸风雨沧桑
挑尽了万家柴米油盐

你面对苦难沉寂无言
忍辱承担了离合悲欢
你伤痕累累汗渍斑斑
默默造福了烟火人间

不知不觉你归隐昨天
为世人留下了薪火情缘
也许你不再弥足千斤
忘不了你曾义薄云天

如今你在故事的那边
为未来横亘了励志画面
我多想为你唱首歌谣
我多想为你许个心愿
再见了远去的老伙计
怀念你就像感恩老祖先

雨打芭蕉

南方雨水多情

向往人间凡尘

穿过重重烟柳

洒落片片蕉林

淅淅沥沥　滴滴答答

合拍平平仄仄天籁之声

好像少女喁喁倾诉

又像游子踏歌行吟

南方雨水柔情

依恋缠绵凡尘

透过云山雾海

扑向蕉叶亲吻

银珠击节　青衣起舞

摇曳绿色翡翠万种风情

宛如恋人娇嗔泪花

又如梦中童话仙境

雨滴有意　绿叶有心

情到浓时　一吻牵魂

啊　天下多少雨打芭蕉

啊　世上几人通幽解韵

那朵含笑花

天上有彩霞

散落在山崖

长着一张笑靥

人间昵称含笑花

风摧愈烂漫

雨打更风雅

嫣然一笑漫天涯

从春笑到夏

花中有奇葩

难忘含笑花

它让美丽化烟云

总把笑容留天下

我想摘一朵

送给心中她

花语无言千万情

脉脉共芳华

第十辑 ∞ 海湾传奇

深南路

这条路很长很长

从南海惊涛连接北国风光

这条路很宽很宽

从边陲渔村纵横大地海洋

这条路啊这条路

故园寻梦从这里乘风起航

这条路啊这条路

敢为人先从这里逆流踏浪

这条路好靓好靓

看渔火滩涂变成风情画廊

这条路好神好神

像彩虹天降惊艳神州东方

这条路啊这条路

故事里的春天大写在路上

这条路啊这条路

南腔北调汇成了幸福交响

汗水凝成的深南路啊

你让热土与潮汐依然滚烫

浩浩荡荡的深南路啊

你让追梦的脚步越走越强

走过深南路

来到这条百里深南路

满目炫乎　美不胜收

多少传奇在无言诉说

昨天多险　今天多牛

徜徉这条多彩深南路

行人匆匆　风尘仆仆

笑容里的青春脚步

竞走时光　卷起潮流

莫要问深南路怎么走

汗渍斑斓处就是活地图

乡音白话相互在鼓舞

到处都是陌生的新朋友

他乡的故乡　同行的道路

延伸着追梦的浩浩坦途

来了就是一个深圳人

让你深深爱上这方热土

深圳南大道　端端笔直走

自己选择的路向前不回头

路上的风景都为梦所有

心中有波澜　脚下写风流

热土情怀

来到南方这片热土

为了一个梦想追逐

如一幅孤帆远影

向着前方的彼岸加油

夜深人静的时候

遥望故乡　对月叙旧

心中漂泊着几分孤独

当年的那颗初心

仍在潮起潮落中相守

留在身后的眷恋

借与大海浪花悠悠倾诉

待到重逢的金秋

我要与你一醉方休

走在南方这片热土

总有一种向往追求

像遍地簕杜鹃花

绽放青春的狂野风流

风口浪尖中走来

汗衣裹身　没有回头

多少弄潮人远方飞舟

明天的憧憬感召

又在千帆远航中竞秀

我以满腔的情怀

走向海湾大潮踏浪信步

心中飞出的歌声

将与岁月翩跹起舞

忆当年

当年春天圈定的南疆

都说那是遥远的梦想

我也曾唏嘘

海湾渔火欲比天上星光

回首间走来

这里的春色惊艳了东方

当年追梦的孤帆远影

追到了人间天上

潮起潮落的荒涂沙滩

留下了篇篇壮丽诗行

当年挥波弄潮的南疆

都说那是破浪的远航

我也曾迷茫

渔舟唱晚欲步大美雅堂

挥手间走来

这里的故事变成了传唱

当年追风的浅湾渔港

追向了蔚蓝海洋

惊涛拍岸的边陲渔村

响彻了青春交响乐章

忆当年

惜时如金的脚步最是难忘

话当年

敢为人先的豪情滚烫胸膛

我从深圳来

我从深圳来

带着春天的祝福

踏着海浪的节拍

走过昨天的滩涂荒凉

走进今天的流光溢彩

让敢为人先的歌谣

随风而起　涛声天外

我从深圳来

带着创新的捷报

相约圆梦的舞台

走过岁月的峰回路转

走向中华百年的期待

让青春之城的笑容

面向大海　感动未来

我从深圳来

踏浪而行　激情澎湃

我从深圳来

初心不改　未来已来

深圳之恋

记得初春乍寒的那年
我们追风去南方大海边
潮起潮落　惊涛拍岸
借星光寻幽渔舟唱晚
你激情续写春天的故事
我奋臂弄潮在风口浪尖
在汗水渍干红颜的季节
我们在这片热土相拥热恋
啊　相拥热恋　命运相连

难忘东方潮涌的春天
我们相约在南方大港湾
梦醒时分　灯火阑珊
又启航出发在海岸线
你谱诗行编织蓝图画卷
我用歌声纵情潮涌浪欢
在九州大梦逢春的岁月
我们以青春作伴情满海天
啊　情满海天　圆梦人间

深圳，我对你说

当年那个春天的故事
在我的心境响起了春雷
你在风口浪尖上走来
让我见到追梦人的魅力
你那敢为人先的历险
总在我的岁月激荡传奇
你说来了就是深圳人
我动情地把根扎在这里

当你褪去惊艳的外衣
我看到满身风干的汗渍
透过你那崛起的背影
我摸到身后艰辛的足迹
你那挺立潮头的风采
我闻到青春勃发的气息
今天你又扬帆远航
我跟着触摸明天的晨曦

深圳　你像盛开的簕杜鹃
在我的心中越来越美丽
当海上升起明月的时候
我成了你风雨同舟的子弟

深圳的风

你用无形的脚步

引领青春的向往

追随春天的故事

融入时代的垦荒

在挥汗如雨的岁月

在枕涛思恋的梦乡

你用化雨的春风

拥抱弄潮的儿郎

你用无言的柔情

共度我们的时光

分享每一份欢乐

陶醉每一次歌唱

在流光溢彩的街巷

在整装待发的新航

你用扬帆的季风

伴我走向那远方

深圳的风啊别样情长

我的身上总有你的清香

深圳的风啊魅力无疆

我的心上总有你的气场

追风·追梦

当年我追风而来

寻找向往的春暖花开

我徜徉在南方以南

不再在时光中流浪徘徊

我在这里观山听海

为东方热土喝彩

我惊鸿峰谷浪尖风光

倾慕敢为人先的担当风采

如今我追梦而来

寻找生命的春潮澎湃

我扎根在南方以南

不沉醉昨天的流光溢彩

我在这里上山下海

尝试踏浪前行的豪迈

我热恋他乡浓情炽爱

要把春天的故事传唱未来

多情的深圳风

阵阵海风　迎面拂荡
城在画廊　人在中央
他乡不是远方
梦想的家园就在身旁
你用无形的脚步
引领我的梦想
和合同一个向往
奔走同一个方向

悠悠海风　多情荡漾
情在岁月　爱在心上
他乡已成家乡
乡愁的日子化作歌唱
你那拥潮的海韵
是我平添的力量
共鸣同一种心声
追寻同一种希望

淡淡海鲜味的深圳风
共度了我的美好时光
浓浓汗渍香的深圳风
相伴了我的青春成长

南海弄潮

一场隆隆春雷

山在动　地在摇

一帘幽梦惊醒

人不古　心不老

追着时代风

赶着东方潮

向南方　闯南海

惊涛拍岸起歌谣

追进寻梦岁月

迎风摧　踏浪啸

沐浴春风化雨

山更娇　水更妖

几番顶风浪

几度搏惊涛

大潮流　大舞台

风口浪尖显风骚

哦　踏浪行　胆之豪

哦　弄潮儿　天之骄

潮涌海湾

南方向南　惊涛拍岸

有片风光　风口浪尖

为了明天的幸福

踏浪前行　敢为人先

春风化雨的岁月

热汗挥洒　心事无眠

一夜传奇的故事

留下动人诗篇

大梦逢春　东方惊艳

南方向南　春意盎然

有片海湾　又掀巨浪

为了人民的向往

春风热土　再铺画卷

湾区联手筑彩虹

歌声飞扬　潮涌浪欢

拉开蔚蓝的大幕

再写恢宏新篇

紫荆花开　簕杜鹃艳

难忘昨天

一方热土

回暖在初春乍寒

一条道路

开拓在风口浪尖

一种风流

挑战在敢为人先

我眼中的孤帆远影

我面前的惊涛拍岸

都在风雨过后

留下一场场惊叹

一番传奇

博弈在分秒之间

一股激情

燃烧着命运蜕变

一串故事

飘香在汗水渍干

我听过的渔舟唱晚

我走过的荒凉涂滩

都在岁月之中

化作一幕幕惊艳

向着未来出发的时候
怎能忘记火热的昨天
豪气犹在　脚步更快
又是我追梦中的海湾

南海那片港湾

南海那片港湾

多少故事变成景观

远去了帆影渔火

万商云集　灯火阑珊

阵阵新风吹来

浪花滚滚　诉说从前

遥想当年海天一色

多少传奇惊鸿在风口浪尖

走进那片港湾

心中激起波澜

告别了渔舟唱晚

万舰启航　惊涛拍岸

波波潮汐涌来

载着歌声　情满海天

但见湾上升起新月

这里的故事天天都在改变

我愿化作一条小船

竞渡在这片港湾

用我的诗行梦想

又添一个蓝色的惊叹

爱在湾港

我们留恋这片湾港

因为对爱从未彷徨

在海边仰天呼吸

让欢乐卷进波浪

多少回我等你在路上

多少次你盼我在梦乡

我们牵手夕阳下

沉浸在一片金黄

听潮起潮落浪漫诉说

看浪花打湿你俏丽脸庞

我们相约这个地方

因为爱让心神荡漾

向大海敞开心扉

向彼此倾诉衷肠

忘不了情意留在身旁

总是有甜蜜醉在心房

当海上升起明月

守望着心灵时光

让依偎温暖爱的孤仃

向未来默念着天久地长

深圳灯光

看眼前是灯溪河流
望那面是灯泻瀑布
瞧左边是灯筑山崖
眺远方是灯蜒峡谷

像雨后升腾的彩虹
像夜空闪烁的星光
如新月追逐的彩云
似仙女撒落的花朵

我徜徉在大街小巷
仿佛走进神话世界
我惊艳它如梦如幻
天上人间　星河璀璨

啊　到处流光溢彩
让青春之城激情澎湃
啊　满城灯火阑珊
在这片热土闪亮未来

一条弯弯的小河

风雨兼程　绕道流过

它曾经划边为界

风云变幻　神秘莫测

河那边故土一角

河这边亲情祖国

河那边咫尺天涯

河这边月圆月缺

小河啊　从前的小河

多少热泪在我梦里汇成波浪

这条弯弯的小河

默默无言　流淌如梭

如今有河无界

多少故事　传奇诉说

河对岸紫荆花开

河这面大地飞歌

河对岸风情万种

河这面蓬蓬勃勃

小河啊　今天的小河

一幅美图在我心中珠联璧合

南海巨龙

像一条从天而降的骁龙
醉卧在南海水天之间
伸出长长的万钧巨臂
挽起三地风浪同乐共欢

像一抹凌空升起的长虹
横跨在茫茫遥远天边
挥舞多情的蓝色纽带
牵手一衣带水的亲情伙伴

是谁在茫茫大海逆水惊天
让万顷波涛变成马啸平川
是谁在追梦长路写下诗篇
再向祖国交出恢宏的画卷

日出日落依然惊涛拍岸
花开花谢更俏碧海蓝天
喜看大湾这边风生水起
今天风光无限　明日捷报频传

盛开的簕杜鹃

迎着喷薄而出的朝阳

南海边走来一位新娘

她伴随着祖国的圆舞曲

崭露芳容　惊艳东方

数数四十束生日烛光

抖抖渍印斑斑的汗装

一个春天的故事

让这片热土荡气回肠

看看梧桐山展翅的凤凰

望望滩涂连片的拓荒

一夜之城的传奇

在蔚蓝海洋惊涛拍浪

好一派风口浪尖的风光

好一出踏浪前行的歌唱

像遍地盛开的簕杜鹃

红红火火　越来越旺

第十一辑 ∞ 春秋咏叹

相约春天

惊蛰一声响

鸟语万花香

你我冬眠的那团故事

又在春水中荡漾

我愿借三月的一片烟雨

润色你苦乐年华的诗行

我们与春天相约

让浓浓春色陶醉牵手的时光

惊蛰一声响

莺飞芳草长

你我踏青的那抹心意

又在春风里绽放

我愿做三月的一缕清风

抚平你乍暖还寒的忧伤

我们与春天同行

让潇潇春雨滋润播种的梦想

你从何而来

大地回春　山河锦绣

你向何而去

云卷云舒　长留秋愁

你默默无言

抚杨弄柳　牵我衣袖

你情有独钟

常把思念　寄我窗口

啊　风儿　我的朋友

你在昨天为我加油

风雨开路　追寻自由

你在未来向我招手

扬帆启航　永不停留

哦　风儿　我的朋友

你为人间行吟奔走

传递温暖　抚慰乡愁

你为人心带来希望

两袖清风　一无所有

杯中茶

你豪饮你的樽中酒
我轻啜我的杯中茶
多少人生对酒当歌
我最嗜好聊发茶话

一杯杯清茶
泡香了人间春秋冬夏
一壶壶热茶
沏浓了古国传神风雅

一盅盅老茶
滋润了故乡万户千家
一宗宗茗茶
芬芳了泱泱千秋中华

杯中滚烫的翠月牙
相濡岁月　饮渴天涯
心头荡漾的原上花
温润人生　图强奋发

啊　你好琴棋书画美酒
啊　我爱清风明月香茶

煮一壶热茶

把经年往事渗满

凝神静气慢饮细品

那人那事又回到眼前

泡一杯浓茶

把未了情缘斟满

和着情思用心韵味

温暖温柔又回到身边

沏茶功夫香外闻香

饮茶乐趣味中品味

小酌仙汤温润心境

曼妙时光风雅平生

喝茶品茗可浓可淡

嗜茶人生亦苦亦甜

茶壶气息也大也小

茶杯乾坤很妙很玄

忘忧草

多少话欲说还休

多少事欲罢难休

曾经追风在河之洲

也曾追梦在山之丘

不问花开何方

不惜叶落何处

像一棵孤独的忘忧草

依恋人间　苦恋热土

随风共舞生命音符

多少次涌上波峰

多少次失落浪谷

总把泪水酿成美酒

且让残梦化作脚步

嘴里吞咽甘苦

心头描尽腹谱

像一棵孤芳的忘忧草

爱也悠悠　情也悠悠

与时共乐阳春金秋

微笑

它是人间最美的花苞

它是人生追寻的福报

它是梦想成功的法宝

它是天下融合的金桥

人间有了灿烂的微笑

黑白世界改变了面貌

生活有了甜蜜的微笑

沧桑岁月平添了味道

微笑是享誉尊严的荣耀

微笑是精彩人生的塑造

微笑是长生不老的诀窍

微笑是奉献人间的礼包

只要你为他相逢一笑

只要他为你助兴酣笑

如果我们都开心微笑

何尝不是共享幸福的拥抱

相思在清秋

又逢枫红菊黄的金秋

难忘大雁南飞的时候

我站在行色匆匆的街头

把你的芳影静静等候

多少次我咏叹秋水长天

盼望你归来乘轻舟

牵手流连花前月下

温暖一腔牵挂几度秋

每逢天上的新月如钩

总是伫立远望在窗口

为了远方的不了情缘

随风唱出心中的相思曲

多少次我把酒黄昏后

盼望一缕暗香盈袖

聆听风竹轻敲临窗

陶醉枝头蝉声共与秋

人说霜叶红于二月花

为何我像一叶飘零的秋

都说花好月圆最销魂

为何我秋雨绵绵梦也愁

来不及感叹人生匆忙

又见到天下一片金黄

又闻到十里丹桂飘香

好美好美的金秋

盛妆了大地

惊艳了时光

我借习习秋风

与你婉约家乡

合唱九月九

共品菊花黄

来不及摇扇仲夏热浪

又相遇万家忙添衣裳

又领略白露喜降银霜

好爽好爽的金秋

陶醉了人间

恬淡了忧伤

我借皎皎明月

与你共进梦乡

痛饮中秋酒

久醉到重阳

慢饮时光

为了梦中的诗和远方
常在黑白世界来来往往
多少次春夏秋冬超车
心儿还是在风中飘荡

岁月把流年风干成沧桑
江湖上可曾为心境松绑
别再让风雨吹湿了面容
昨天的青春需要惠存补妆

约上亲友　背上行囊
摆摆 pose　品品茶香
相逢在快乐老家
举杯的派对慢饮时光

把眼泪欢笑留在昨天
把烦恼忧愁丢开一旁
赶上人间艳阳天
拥抱幸福　尽情歌唱

老吾老

借一片夕阳把身影照就
掬一瓢秋水把红尘看透
酿一窖老酒把日子醇香
展一幅长卷把故事写足

日出日落那是岁月舞步
花开花谢都是换季衣服
云卷云舒乃是心湖泛舟
梦里梦外还是希望握手

脚在路上不去任性竞走
沿途风光不再忘情迷留
择一隅清幽　修篱扶菊
推一把太极　万事皆悠
喝一口小酒　解忧消愁
邀一轮明月　相伴梦游

老返童　如歌如醉的年头
老来俏　岁月如金的风流
老益壮　青松不老的画图
老吾老　半人半仙的春秋

皓首愿

抓一把清风将时光掂量

岁月像风像雨流年匆忙

借一缕阳光把天地端详

人间春去秋回几多沧桑

我的梦想　我的太阳

招手相迎在神秘的远方

仰望星空　叩首大地

心儿放飞在追寻的路上

愿感动的盛世越来越强

让相聚的日子越来越爽

望眷恋的故事越来越多

盼火红的生活越来越长

情未了　多情在大爱无疆

志未酬　壮志在捧红夕阳

闲云野鹤

做个解甲的闲人真妙
心不飘浮　气不急躁
不再匆匆忙忙去赶考
从容淡定　平添欢笑

做个无任的闲人真好
手不忙乱　脚不停跑
不再心事重重去发烧
自由自在　几多逍遥

用闲心喝一杯闲酒
品赏勾兑外的原汁味道
用闲时来一程闲游
徜徉放牧人的地阔天高

用闲情唠一回闲嗑
释放性情人的纠结闷骚
用闲趣寻一处闲乐
潇洒季节里的夕阳妖娆

做个全天候的自我主人
还我真实的素颜相貌
让风风雨雨的春秋晚晴
吟哦人生如梦的歌谣

斜阳夕照

少年如春一轮艳阳娇

春眠太酣　不愿觉晓

谁曾算计韶华易逝

花开多时　花落多少

春花去尽秋来黄花摇

日偏西山　炊烟缭绕

谁能唱春江花月夜

一曲声低　一曲声高

斜阳无言　暮钟轻敲

风花雪月在他处逍遥

脚下江长流　眼前叶飞飘

心底风光依然苍劲妖娆

青山不老　真情未了

何不将爱化作晚晴夕照

照亮从容　照出欢笑

许我信步重阳再登高

秋风啊请柔和点

静心聆听叶子黄去的倾诉

夜空啊请灿烂些

放目感怀惺惺相惜的守候

人约黄昏后

过来的不再是青春的脚步

哪怕心如火

也回不到花季雨季的长途

因为爱还在

执子的手还有暖暖的温度

因为情还有

沧桑的面容依然美丽如初

路上的你和我

向往未来　风雨无阻

也许满含泪水

流淌的点滴也是幸福

如果叶落花谢

我们再约一程天堂之路

人约黄昏后

叶子黄了

叶子日渐枯黄

相约最后的冬阳

将身依偎着树梢

向那风儿低吟浅唱

也许未来独步沧桑

也许将去漂泊流浪

留下一叶绿荫的情意

撑起生命的一片金黄

往事依然酣畅

宿命却不可阻挡

安然守候在黄昏

听那枝头鸟儿歌唱

别了葱绿时光

别了落英芬芳

带着一叶世界的记忆

谢幕盎然一生的战场

叶子啊　沉默了故事

为时光留下片片念想

叶子啊　飘零在大地

为重生化作淡淡泥香

叶子日渐染黄

悄然换上金色的盛装

摇曳在枝头

与轻风淡云低吟浅唱

斑斓悠悠岁月

婆娑风雨沧桑

褪尽美丽的翠绿风采

向天地献出一片玄黄

叶子容颜变黄

与时走向生命的辉煌

幽静在黄昏

把未来憧憬写进冬阳

释怀一生枯荣

化作落英芬芳

别了多情的红尘扶影

为人间留下绿色念想

叶子啊　落幕了故事

走过美丽青葱的时光

叶子啊　随风去飘零

重新寻找萌生的地方

季节风

无影无踪常让人迷茫
无处不逢又招人遐想
任性狂放的季节风啊
请与我联手一个愿望

请复苏的春风早渡北方
让温暖的春意潜心荡漾
请火辣的夏风少点热浪
让炎热的夏暑多些清凉

请扫叶的秋风延缓霜降
让收获的秋天多留金黄
请冷漠的朔风少些疯狂
让寒冻的冬季蕴藏能量

季节风啊请多怀柔善良
把清风明月送与人间分享
季节风啊请成爱心使者
把平安吉祥吹向四面八方

第十二辑 ∞ 追风寻梦

一路风光

难忘豆蔻时
也曾头悬梁锥刺股
炼心磨志
一心追梦远方

难忘中天日
皆为伊消得人憔悴
灵肉相搏
一路风雨兼程

如今夕阳下
远眺滚滚大江东去
千帆过尽
一杯老酒释然

人在岁月中
奏不尽生命交响曲
起承转合
难得渐行渐远

啊　昨天　今天　明天
啊　随遇　随安　随缘

不知不觉的时间

冲出烟圈话匣的围堤

不曾经意的时光

挣脱茶盅酒杯的麻痹

它正分秒必争地赛跑

冲进高速运转的脑门园地

它在神奇地创造

飞架的彩虹　天堂的登梯

不屑计较的时钟

拉近东西南北的距离

似水流年的日子

剪碎白天黑夜的藩篱

它在无声无息的幕后

演绎春秋岁月的节奏旋律

它正神秘地刷新

人间的梦想　时代的主题

啊　有谁懂得对它珍惜

啊　有谁拥有它的魔力

它就像胸中怦怦的心跳

是我梦中醒来的脉冲气息

时光魅力

七月就这样没了消息
让故事留下未了的话题
八月也这样悄悄地走来
把希望送进摇曳的风里

清风徐徐　撩拨荷塘涟漪
月色朦朦　抚摸苍茫大地
时光的变幻有多少惊喜
岁月的容颜就有多少魅力

你分享着日子的丰腴
我沉醉在季节的花期
脚步追随着江河小溪
潋滟着山高水长的美丽

多想携带一卷童话
穿越八月的风尘雨沥
把那些有关彩虹的诗句
朗读在你多情的梦里

身后留下的串串足迹

深深浅浅　亦步亦趋

没有浪花奔腾的诗情画意

却是苦乐年华的翩翩芭蕾

身后隐藏的无言足迹

历经风雨　饱含汗滴

没有长空流星的惊鸿绚丽

却是书写命运的神奇手笔

无声无息的足迹

个中的故事惊叹如谜

你让所有目光消失距离

万水千山降伏在脚底

无怨无悔的足迹

尘封的脚印充满悲喜

你让多少追寻化作话题

春华秋实纵横在大地

每当花好月圆举起酒杯

忘不了如诗如歌的那溜回忆

抬脚向前方　落脚在当下

步步铿锵踏梦在我心里

那些年

那些年脊梁坚挺

那些年眼神很纯

那些年在旗帜下牵手

我们与祖国同呼吸共命运

为了改天换地的承诺

秀山河　拔穷根

那段火红的岁月啊

我们多少激情燃烧青春

那些年肩有传承

那些年心有精神

那些年共同追寻梦想

我们同祖国闯新路图复兴

为了花好月圆的明天

奔小康　创富强

那段如歌的春秋啊

我们一片丹心奉献赤诚

那些年不觉到了如今

总是难忘风雨下的脚印

虽然未曾丈量过人生

夕阳里传来我们朗朗笑声

想起火红的年头

吃苦不叫苦

每到收获的时候

有福分享福

遇事不摆手　高高撸起袖

逢难不罢休　你我分忧愁

才上山丘　又下河洲

好光景　风雨后

扛起家国往前走

一年苦乐三百六十五

记得火红的年头

激情燃春秋

难忘那时的风尚

不言小九九

清风伴明月　一身无所有

粗茶淡饭香　温饱心知足

热汗是酒　热血是油

枕星光　入梦乡

牧笛一曲信天游

扭扭秧歌痛快也风流

我还是我

风霜雪雨走过

急流险滩蹚过

无名的恼火心中烧过

认罚不认怂的日子熬过

哪怕前方高山荒漠

哪怕遭遇千回折磨

一路跌跌撞撞走来

我依然还是我

苦乐年华　年华苦乐

心中一首无言的歌

黏身汗水浇过

热血如水染过

辛酸的泪水眼中泡过

拼赢不服输的倔劲爆过

哪怕身旁花样迷惑

哪怕脚下再多坎坷

多少人生关口闯来

我依然还是我

收获岁月　岁月收获

肩头劳碌不休地活

我不想人生白白混过

我总想生命有点颜色

我不想梦想流浪飘落

我只想命运手中在握

领悟

跟着日落日出

摸到了时光的来路去处

经过春夏秋冬

把握了人间的阴晴寒暑

从风雨中走来

感受了天上的雷电云雾

爬高山　渡江河

明白了梦想的追寻猜度

调过油盐酱醋

赏到了舌尖活为之何物

遭遇悲欢离合

体恤了世道的酸甜困苦

从江湖中闯来

领教了博弈的加减乘除

听音乐　晒风流

读懂了鲜活的诗词歌赋

心灵啊　一扇关不了的窗户

岁月啊　一条走不停的长途

人生啊　一场不落幕的演出

生活啊　一本读不尽的神书

释怀

为什么身子总在彷徨
为什么眼神常常迷茫
假如你去登高望远
心境如斯　天地开朗

是什么缠住手脚臂膀
是什么让人揪心搅肠
其实你若清理自己
如释重负　神清气爽

释怀吧　多多释怀
抛开那些个陈年老账
宽恕吧　早点宽恕
和解过去的纠结忧伤

吐故纳新让生命成长
脚踏当下　追赶太阳
一撇一捺是人字模样
互相搀扶　更有力量

你亲我爱的地方啊
才是世上幸福的天堂
你唱我和的歌声啊
才是人间最美的乐章

短长随想

日子过得很短

道路走得很长

踏遍了千山万水

到了远方追寻远方

站在命运风口

是跑　是飘　是飞翔

一片落叶飞来

与心一起飘荡

何处才到尽头

何处才是诗和远方

相伴的行囊再重

背走的可是那未来希望

好梦做得太短

乡愁缠得太长

阅尽了繁花雪月

到了他乡思念故乡

仰头追问北斗

是进　是退　是转向

一阵清风拂来

牵起衣袖回望

那里有我爹娘

那里有我心爱的姑娘

收获的果子再甜

落叶还是回归根的地方

别装糊涂

经历了烦恼忧愁

流淌了心血泪珠

面对纷扰的大千世界

心生酸楚　灵魂孤独

煎熬中走来望风却步

无声呐喊缄口心头

啊　难得糊涂

啊　难得糊涂

装傻闷骚也许是曼妙出路

谁在世超凡脱俗

谁终日阿弥陀佛

呼吸在风尘滚滚人间

宠辱不惊　自有风骨

童话的世界焉能依附

风云变幻莫辨春秋

啊　不能糊涂

啊　不能糊涂

梦中醒来依然是一抔黄土

莫言糊涂　莫言糊涂

心明眼亮的日子真实舒服

别装糊涂　别装糊涂

面具扮相的人生焉能幸福

踩不尽的坎坷泥泞

拓不完的荒原野林

披一身风霜雪雨

吞一肚枯叶草梗

任凭世道沧桑

砥砺风险拼搏前行

报效浑身力量

留给自己只有身后深深脚印

驮不尽的千荷万钧

拉不完的缰套纤绳

顶一头骄阳烈火

怀一腔赤胆忠心

不慕世道浮华

耐守寂寞相伴孤影

奉献开垦土香

回慰自己唯有那声牧歌牛铃

为了年年春华秋实

无怨无悔　默默耕耘

为了人间花好月圆

矢志垦荒　奋蹄终生

拓荒牛

候鸟

凌空穿越茫茫云霄

落地栖息沼泽荒岛

年年迁徙千里之外

一生欢乐在云水之遥

没有匆匆过客的风骚

没有雾里看花的嗜好

没有比翼双飞的情趣

没有追寻天堂的攀高

难道失去眷恋的鸟巢

难道少了缠绵的知交

为什么离别在万水千山

总是在转移新的目标

它的密踪谁能找到

它的内心谁能知晓

也许你冬去春来的守望

哦　原来它是追寻温暖的候鸟

小木梳　小木梳

常把头来梳一梳

相会时梳就知音情

出门时梳来好兆头

梳啊梳

男儿梳得阳刚美

女儿梳得娇容秀

哎呀呐　梳罢时尚梳风流

小木梳　小木梳

常把头来梳一梳

烦恼时梳得心安宁

孤独时梳得寂寞休

梳啊梳

青丝梳得青春驻

白发梳得百年寿

哎呀呐　梳来吉祥梳去忧

小木梳　小木梳

一柄在手乐悠悠

幼童梳到鹤发颜

人生梳出好春秋

（姚峰谱曲）

神奇在手

抒一番心思
让港湾流淌春天的气息
挥一把汗水
把爱巢装扮得更加美丽
男人山　女人河
凝成韶华的欢天喜地
缤纷的大世界哟
风流不尽的身手传奇

摘一颗星光
让岁月辉映得更加娇媚
绘一幅彩图
把幸福塑造在梦想天地
日子甜　举杯醉
化作潋滟的诗情画意
春秋大舞台哟
风情万千的花季雨季

午夜孤寂的灯火

摇曳在他沧桑的脸庞

像云雾中的幽月

隐形在大街小巷

挥舞一把扫帚

把嗖嗖音律送给都市梦乡

星光闪烁着眼神

相伴他默默无眠的晚上

五更凛冽的寒风

搜刮在他孤单的身旁

像夜幕下的艺匠

梳理着草净花香

挥洒无尽汗水

让他人家园常驻美丽容妆

朝霞燃烧的时候

辉映他滚烫的无名荣光

车夫

一口生津的唾沫
吐在生茧的手心
一搓二拍三握举
攒出浑身犟劲头

一根黑粗的麻绳
套在肉肩的左右
一条催命的皮带
勒紧半圈子颈脖

车上堆满了货物
脚下是坑洼长途
埋头拉车　抬头看路
吆喝嘿咗　蹬腿挪步

像一只遒劲的蛮牛
拉着沉甸甸的生活
撑住弯弓的脊梁
拉来养家糊口的盼望
拉起安身立命的春秋

第十三辑 ∞ 母爱父恩

天下父母心

儿已成人

可还是老爸的娇郎

女已成家

依然是老妈的姑娘

长不大的儿女

放不下心的爹娘

自从宝宝呱呱落地

就把那份牵挂拴在心上

为了养育这棵命根子

甘愿一生心血流淌

即使老蚕作茧

也要为儿女吐丝纳裳

儿行千里

走不出老爸的胸膛

女嫁他乡

飞不出老妈的心房

疼不够的儿女

传不尽爱的爹娘

看着孩儿学舌举步

就把那份盼望藏进梦乡

为了托起这颗小太阳

无悔一生铺路架桥

哪怕风烛残年

还要把儿女前程照亮

天上月亮夜夜心

人间父母绵绵情

父母心　子女情

一腔绝唱古到今

（徐沛东谱曲，刘一祯演唱）

父母心

为了寻觅梦中的你

未见模样就叫上小宝贝

自从呱呱落了地

父母就把心思交给了你

望子成龙望花了眼

拉扯长大累弯了背

为了托起小星星

打马肩头也要挺身作人梯

为了培育梦中的你

爹娘甘愿为仆无怨悔

把你带到人世间

又把你从怀抱养到心里

抚养了这代远不够

还要操心你下一辈

无论儿行万里远

父母总是魂牵梦绕的天地

为人父母才识父母心

为人父母才知父母爱

为人父母才懂父母恩

为人父母才惜父母贵

（许齐谱曲，逯君、廖婵娟演唱）

咱的爹娘

风吹您两鬓风霜

雨淋您一脸慈祥

眼睛里隐藏愁影

心头的呼唤嗡动在嘴上

年年留着一块老腊肉

等儿回家喝鸡汤

长不大的孩儿哟

一生都让您牵挂心肠

想起您满是沧桑

说起您一生善良

记忆中常年忙碌

操劳的心思寄托在远方

天天念着那句老话题

盼儿归来叙家常

飞出窝的孩儿哟

一生都让您爱在心房

世上都夸山高水长

人间我赞恩高情长

崇山敬水　叩天谢地

最是感恩咱的父母爹娘

老布衣

多少往事　压在箱底
翻开它件件都是宝贝
人生走过了冷暖春秋
离不开粗茶淡饭布衣

为了拉扯大兄弟姊妹
老娘在寒灯下熬夜织衣
老补丁上补打新补丁
新三年旧三年不舍不弃

老布衣啊老布衣
谁知老娘指尖血　眼中泪
老布衣啊老布衣
暑尽寒来温暖一辈又一辈

如今身上有了华服锦衣
裹不住筚路蓝缕的记忆
每到寒冬腊月的时候
总是忘不了相依的老布衣

老爸的眼光

小时候　怯于你威严的眼光
顽皮的我常与你东躲西藏
多少回你逮着我的撒野
飞来巴掌　代为惩罚

长大后　躲闪你挑剔的眼光
年少的我怕跟你撞上高墙
多少次你迎面浇来冷水
宛如警钟　防演荒唐

往后来　迎接你慈祥的眼光
成年的我总见你满目念想
你常掰着指头向我遥望
夜夜无眠　牵心挂肠

到如今　你已化作苍天星光
还把缕缕余辉披到我身上
眼神寄梦总在心头萦绕
怀念如斯　泪洒远方

父子游戏

你挺起肩头给我当人梯
你俯下身背唤我当马骑
你挥洒汗水为我挣学费
你耗尽心血帮我解难题

我从小揣摩学你当长辈
我耕读书山为你拼成绩
我领来媳妇向你行孝礼
我最想听你夸我有出息

如今我们远隔他乡故里
隔空继续着父子游戏
你千言万语牵挂着我
我努力多多为你传惊喜

如今我也成了当年的你
代沟里流淌的是情意
你还在老家守望着我
我不忘心中为你造福禧

母亲回忆母亲

一个盘发裹脚的妇人

背上三纲五常

牵着三从四德

颤颤巍巍走完一生

啊　那个年代的孺女人

我也想起母亲

一个相夫教子的女人

尝着辛酸苦辣

操持油盐柴米

节衣缩食走进黄昏

啊　那辈春秋的苦女人

如今我是母亲

一个阳光路上的丽人

总是痴情多梦

宛如花季彩云

诗和远方来往追寻

啊　岁月如歌的潮女人

我们迭代的母亲

一样血肉柔情的女人

一样向往幸福终身

迭代母亲

不同的人间背景

别样的遭遇命运

故事唏嘘　母性永恒

啊　万古流芳的母亲

你用乳汁哺育我的生长

你用心血丰满我的翅膀

你用怀抱温暖我的人生

你不惜生命为我遮风挡雨

你守空巢放飞我去远方

你把所有塞进我的行囊

你用老肩撑起我的希望

你追进梦里为我添加衣裳

虽然收不回离弦的目光

暑去霜来你总在迎风守望

岁月留下了太多的忧伤

大雁飞过你不忘捎带念想

老娘啊　我的老娘

想起你我就禁不住热泪盈眶

多少关爱　多少恩情

像屋檐水点点滴在我的心房

老娘

孩子妈

一台花轿抬到家

从此就叫孩子妈

照顾老人家

拉扯子女大

一天到晚牵挂他

冷暖相依到天涯

孩子妈　孩子妈

你心中滚烫着出嫁话

梦里回娘家

一面老镜再照她

风霜岁月挂脸颊

用心过日子

用爱来当家

为人妻　为人母

守着门槛度年华

孩子妈　孩子妈

你尝尽人间的苦和辣

笑中含泪花

孩子妈　孩子妈

世上多少孩子妈

牵着娃　扶着他

身上背着沉重的家

走过春秋　走过冬夏

满头青丝走到两鬓白发

（饶荣发谱曲，刘和刚演唱）

妈妈的饭菜

我到过许多地方

尝过中西海外

那林林总总的名厨大餐

总不如妈妈的饭菜

一口乳汁一勺汤

把我养大到这个世界

为了儿女这口饭

母亲燃着心火煲着爱

就是这碗饭

让我尝到百味长成才

当我寻梦在他乡外

那股饭香牵肠挂肚入梦来

我到过许多地方

食过中西海外

那林林总总的佳肴盛宴

美不过妈妈的饭菜

一碟小菜一碗粥

伴我走进人生大舞台

为了儿女这口饭

母亲呕心沥血数十载

就是这碗饭

滋润我的生命多少爱

当我成了爷爷奶奶

还是嘴馋妈妈饭菜的小孩

（王佑贵谱曲，李素华演唱）

哦 妈妈

小时候离不开妈妈

颠东颠西　问这问那

多少次埋头怀里撒娇

吵闹着跟你不想长大

妈妈微笑　含着泪花

娃呀娘盼你快快长大

如今我已成年长大

当起了孩子的爸爸

可你还在掰着指头远望

夜夜无眠为我念记牵挂

儿子在你的心目中

永远是长不大的娃娃

哦　妈妈　孩儿成了家

一声叹息　你已满头银发

我还来不及好好报答

可你还是对儿放心不下

哦　妈妈　亲爱的妈妈

若有来世　我还做你的娃

我要守候身边一辈子

当你的牛　做你的马

难忘小的时候

妈妈常常为我梳头

梳过羊角辫

梳过刘海头

梳啊梳　　梳啊梳

从小妞一直梳到婷婷闺秀

记得离家的那天

妈妈举起颤抖的双手

为我梳了终生难忘的嫁妆头

只见妈妈眼里含着热泪流

如今静下心来

我总想给妈妈梳头

梳出黑瀑布

梳出女人秀

梳啊梳　　梳啊梳

把白头一直梳出健康长寿

记得有回照镜子

妈妈瞪大眼睛直呼

夸我梳头是她领情的好礼物

再见妈妈眼里还是热泪流

宝贝的秘密

悄悄地抱起你

柔柔地抚摸你

宝贝　可爱的宝贝

妈妈在怀中读你千百回

轻轻地贴近你

甜甜地吻着你

宝贝　心爱的宝贝

妈妈在梦里等你千万回

宝贝啊宝贝

我亲爱的宝贝

你可知道一个秘密

你就是妈妈生命的轮回

啊　宝贝

啊　我的宝贝

我的父母双亲

为了儿女劳累终生

放不下的爱

熬不尽的心

长夜捻灯无眠

四季牵肠挂魂

天公恻隐来引渡

长眠故土　安息山林

拜托风起雨洒的时候

别把二老长梦惊醒

每逢泪雨纷纷

天各一方九泉邀灵

忘不了的恩

念不完的情

多少别离倾诉

化为香火泪淋

一跪一拜情不断

磕头年年　聚首清明

盼望天地轮回草又绿

再与二老归期踏青

清明

纷纷时节雨
匆匆赶路人
祭祖赴清明
跪拜先冢前

少小离家远
根在哪家山
叶落归何处
当时亦茫然

也曾叩问天
我是哪个谁
我从哪里来
又将哪里去

悠悠天地间
清风拂面来
归宗溯源时
心境已豁然

第十四辑 ∞ 相濡如流

相濡如流

莽原　草甸

你是那脉涓流

从昨天出发

到远方畅游

山涧　峡谷

我是这条溪流

向明天涌去

朝未来奔走

天上星转斗移

人间轮回春秋

你我潺潺不息

同向往　同追求

天地作美时候

邂逅相遇合流

淌过茫茫大地

浪花欢　歌不休

终归携梦牵手

总要一起长流

任它千回百转

流向大海　流向远方

同皓首　不回头

心窗

打开你那羞涩的心窗

让我看看你想我的模样

在你多情的眼睛里

有没有闪烁迷恋我的影像

敞开我那神秘的心窗

让你看看我想你的傻样

在我憔悴的面容里

有没有隐藏牵挂你的神伤

推开你我封闭的心窗

让彼此看清相恋的憨样

在红尘滚滚的日子里

可如夜空皎月把心头照亮

放开我们生命的心窗

让我们眺望窗外的远方

在岁月悠悠的长空里

能否迎接风雨　放飞梦想

从眼睛到心灵

假如有人闪入你的眼睛
是否录入到心仪的视屏
假若有人潜入你的心灵
是否联想到寻找的恋人

如果让我闯进你的眼睛
是否编织成美妙的风景
如果是我走进你的心灵
可否赢得了牵手的缘分

且请你问问自己的眼睛
有没有守候过我的身影
再请你查查自己的心灵
有没有留意过我的姓名

让我好好看看你的眼睛
是不是收藏了我的感情
让我悄悄问问你的心灵
能不能融进了我的梦境

但愿你我眼睛如此幸运
但愿彼此心灵珍惜缘分
让我们红尘中牵起双手
走向每一个幸福的黎明

让爱天久地长

莫让爱在身边流浪
莫让情在心中彷徨
花开花落几度夕阳
莫把春心锁在胸膛

只要化蝶成为梦想
何不比翼扶摇飞翔
可喜缘分架通桥梁
就快拥抱那缕阳光

虽然人生充满沧桑
有情牵手就有力量
纵然道路坎坷漫长
有爱相伴就有希望

来吧　让心相约远航
来吧　让爱天久地长

夜幕降临

萤火虫打着灯笼

照在我的梦里

一个身影　悄无声息

慢慢地向我走近

天啊　是你

我好惊奇

醒来不知你在哪里

月色朦胧

夜空闪烁着星星

唱在我的梦里

一段曼舞　宛如天成

迷乱了我的眼睛

冤家　是你

我好惊喜

醒来不知我在哪里

总是在梦里

总是在梦醒

梦里梦外让我追寻

你是谁　谁是你

我的梦中缘

苦恼了多少静夜与晨曦

梦中缘

结伴行

为了一份真情拥有
也许你期待了很久很久
总是一副渴望的眼神
满腹心思　欲说还休

为了寻找真情伴友
其实我费心了好久好久
宛如彩云追月的心情
人海寻觅　欲罢难休

你的目光何处停留
我的心事你是否猜透
同是天涯追梦人
莫让缘分随风白白飘走

都在寻找幸福的长路
都在揣着心中的绣球
让我们牵手结伴远行
走出地久天长　天长地久

情意

红尘牵手是我寄托的情意
愿春风把一片心思捎给你
也许默契是我真实的表白
岁月无言含情在相偎相依

太阳落了　我在月下守你
风雨来了　我在路上陪你
天地冻了　我在心里暖你
喜鹊闹了　我在歌里唱你

大雁飞了　我在风中盼你
夜深静了　我在梦乡寻你
人间困了　我在天堂等你
今生别了　我在来世约你

花开了叶黄了我都在等你
其实我的爱一直就在那里

远方

你在那头的故乡
我在这边的他乡
每当想你的时候
你就是我思念的远方

当你成为我的远方
我的心舟便夜海奔放
载着满帆的风浪
泊到你守望的岸旁

当我成为你的远方
总想看到你飞翔的翅膀
带着故乡的牵挂
飞进我洞开的门窗

多少次我折叠远方
把不变的相思装进行囊
风也一程　雨也一程
幸福在我的苦旅时光

啊　远方　虽然路途遥远
归去的渴望不能阻挡
啊　远方　尽管山高水长
星光总会走近团圆的月亮

你总在北方的窗前眺望
我总在南方的窗前凝望
头上的那轮明月啊
牵连着你我相思的衷肠

你常在北方的床前念想
我常在南方的床前思量
头上的那轮明月啊
传递着我们心中的渴望

多少次我们同在倚窗抚床
无尽的相思穿越山水时光
头上的那轮明月啊
含笑着苦恋的痴情傻样

南眺北望

相思渡口

一江春水向东流

我披雨等你在渡口

帆影悠悠

涛声依旧

缕缕离愁上心头

且把心事交客船

为你去停留

莫忘人约黄昏后

又逢春江花月夜

我迎风等你在渡口

月光幽幽

愿景依旧

早备接风对饮酒

又把心愿托春风

寻你牵衣袖

莫负月上柳梢头

人忆江南下扬州

我忆江南守瓜洲

人间三月醉烟花

我逢三月烟雨瘦

迎着风披着雨一路走来
方知道生活多么实在
流着汗含着泪一生追寻
才领悟人生多么精彩

执子之手　结伴同在
总是踏着日出日落节拍
喜怒哀乐在一年又一年
只为守候岁月春暖花开

有过喜悦　有过悲哀
炎凉无常的日子彼此理解
酸甜苦辣熬尽寒来暑往
才有相濡以沫的不老情怀

长路漫漫　真情不改
心扉默默相通真诚敞开
懂得珍惜　付出真爱
我们共有一个美好未来

老伴，我对你说

牵手

当年牵着你的手

红烛誓愿到白头

那口交杯酒

暖了人生　醉了春秋

酸甜苦辣过日子

你笑声泪花都知足

屋檐下的故事串

我们濡沫蘸心来写就

如今牵着你的手

夕阳走来也风流

红豆枕梦乡

乐了岁月　解了忧愁

磕碰怨嗔都是歌

你风风雨雨伴同舟

红尘迢迢未了情

我们来生再约鸳鸯游

难忘牵手的时候

没送彩礼　没披婚纱

唯有一张黑白照片

定格了咱俩相爱的永恒

一路风雨　几多酸甜

一生坎坷　无悔无怨

我擦去你的泪花

你抚平我的伤痕

默默相伴岁岁年年

难忘相拥的时候

没有华堂　没有光环

只有一间寒舍昏灯

包容了我们共同的人生

悲欢离合　苦乐炎寒

一团和气　相守缠绵

我成了你的一半

你成了我的春天

将爱到底直往来生

夫妻相

翻开日历的记忆
原本我是我　你是你
过了许多年以后
我变成你　你变成我

打开影集的回忆
当年我是我　你是你
走过以后的以后
你像了我　我像了你

生活就像曼妙的游戏
谁说我是我　你是你
经过岁月的嬗变
你也是我　我也是你

二人世界生发着神奇
往后你是我　我是你
眼神无语　你我会意
叹息无言　惜我懂你

啊　是谁改变了自己
啊　是谁在偶合一体
追根溯源　是她
是彼此爱的点点滴滴

都说他是她的左手

都说她是他的右手

手手连心的故事

温暖着他们的冬夏春秋

好梦也曾惊醒汗流

几度凉风袭上心头

左手摸右手的感觉

迷失了燕尔心醉的温度

想起诺言执子之手

与子偕老不离左右

平淡如水的相濡以沫

对饮不尽的交杯老酒

多少感动常在风雨同舟

多少感恩总在默默相守

只要牵手在万水千山

老手编织的是天长地久

左手右手

伴侣

记得红烛齐眉交杯酒

我头回醉倒你怀里

记得年年月圆夜

你总爱吟唱长相依

雨中伞　夜掖被

床前药　轻揉背

点点滴滴是情意

你就像月亮走进我梦里

记得梦里梦外度春秋

你纤手呵护小天地

记得劳燕南北飞

你怀揣红豆伴苦旅

桌上餐　身上衣

子女大　攒家底

笑容泪花都美丽

你就像天使带给我福禧

为妻为母为儿媳

旺了三代无怨悔

今生有缘长相守

来世还要送玫瑰

老冤家

天上走着的太阳

可知人间里短家长

这对子老冤家啊

吵吵闹闹　　扭扭犟犟

她常把唠叨挂在嘴上

他愣个杂事闷在胸膛

隔三差五　　说东道西

磕磕碰碰装满箩筐

长夜照着的月亮

可解天下是非短长

这对子老冤家啊

数数落落　　斤斤两两

她爱把较真抹在脸上

他实心葫芦不事张扬

大大咧咧　　风风火火

陈年旧事堆满屋场

挨骂不散伙　　受气不窝囊

灶台的炉火越烧越兴旺

听来很无奈　　其实不忧伤

一个屋檐下守候去天堂

第十五辑 ∞ 青春烂漫

校园

你像绽放蕙兰的老树
殷殷沁出百年的芬芳
多少青葱簇拥在身旁
青春勃发　宛如故乡

你是绿荫盎然的幽林
相望岁月的烂漫霞光
多少青鸟雀跃在枝头
扶摇展翅　凌空翱翔

你总是站在未来的前方
引渡学子遨游知识海洋
你总在花季雨季的路上
引领学子追寻人生梦想

啊　依依相别的校园
多年后我们依然深情相望
那声校铃　那首校歌
永远在我的心中回响激荡

母校

多少次回眸远眺

总想释怀那缕魂牵梦绕

雏燕在那里筑巢

启蒙在那里报晓

青春在那里挥洒

未来在那里素描

啊　母校

忘不了解惑的三尺讲台

忘不了励志的校园歌谣

你捻点于心的火苗

在我的生命中抱薪燃烧

多少年回忆美好

总想感恩那盏启明烛照

视野从那里聚焦

理想从那里垒高

情怀从那里出窑

人生从那里起跑

啊　母校

放不下学子的温暖怀抱

道不尽放飞的感动心跳

我是你枝头的桃李

总想为你传来春天捷报

母校啊母校

无论我在何时何地

毕业合照就是精神背靠

即便我踏遍天涯海角

以你自豪　为你荣耀

是你让童心洒满阳光

是你让花朵绽放芬芳

是你让学子收获智慧

是你让幼苗长成栋梁

是你把小鸟放飞远方

是你把小鱼投入大江

是你把小鹿送到深山

是你把小马引向疆场

你将童话故事编织希望

你在知识天地播种插秧

你在人生路上传递爱心

你让桃红李白硕果飘香

啊　美丽的校园

是你让豆蔻茁壮成长

啊　亲爱的老师

是你让少年追逐梦想

窗外的琴声

谁的琴声飘出窗户

好像心事在键盘上倾诉

那悠扬缠绵的琴声

宛如潺潺涌动的溪流

流着　流着

流到了我平静的心湖

来吧　朋友

莫要演绎无言的孤独

在这和风习习的夜晚

我们共享月光铺满的音符

谁的琴声飞出窗户

心愿如歌在键盘上起舞

那热烈多情的琴声

犹如奔放倾泻的瀑布

听着　听着

搅动我难平的心湖

来吧　朋友

别再沉迷琴房小楼

沿着风华正茂的岁月

我们踏步青春律动的节奏

又回童年

哦　难忘的童年
我从那里走到了今天
搭上记忆渡船
又回到久别的岸边
那时的山水依然浮现
那时的玩伴鲜活眼前
徜徉在童年小道
青梅竹马走出隐藏心间

哦　远去的童年
我从那里起飞的故园
借条时光隧道
又回到梦中的从前
那时的山花好美好艳
那时的月亮好近好圆
沉醉在家乡的怀抱
手舞风车走来岁岁年年

童心在　总有可爱的童年
童趣乐　总有回春的童颜
老顽童的岁月啊
道不尽童话世界万语千言

马尾发，红罗裙

一束马尾辫

闯进了长街画屏

摇曳着青春气息

舞动一股都市风韵

是她飘逸芳芬

让鲜花蝴蝶逊色惊魂

是她牵动风铃

让匆匆的时光忘了赶路前行

一袭红罗裙

活跃在纷繁市井

摇滚着千姿百态

留下一串美丽倩影

是她闪烁风采

让流年岁月妖娆万分

是她留下遐想

让多情的脚步一路追踪狂奔

哦　少女的马尾辫

一抹靓丽的人间风景

哦　少女的红罗裙

一道迷人的春秋风情

玫瑰在这里

走过了花季雨季

渴望收到那朵玫瑰

在梦里　在心底

在滚滚红尘中寻觅

姑娘　请顾盼这里

早就有了张开的双臂

其实　就在身旁周围

有人也在苦苦寻找你

他在书山学海里呼吸

他在潮起潮落中奋起

他在风霜雪雨中挺立

他在朝花夕拾中痴迷

也许啊也许

他在诗和远方跋涉苦旅

姑娘啊　他就在这里

守望你　拥抱你

姑娘啊　他就在这里

共命运　同呼吸

他正捧着玫瑰走近你

青梅竹马

童年的故事很多很多

最好的玩伴你和我

高兴的事儿憋不住

常在一起哈哈乐

上树逗八哥

下塘捡田螺

一根竹竿当马骑

你牵我赶绕村过

童年的趣事好多好多

难忘的玩伴你和我

开心的笑话藏不住

常在一起咬耳朵

早晨追太阳

晚上逮萤火

学着爸妈过家家

模仿大人当公婆

走过花季雨季的你和我

当年的牵手钻进了心窝

两小无猜入了梦　唱成歌

青梅竹马开了花　结了果

那一天

来了　走了

等待明天

走了　又来

初心依然

风来了

肩靠着肩

雨来了

把手相牵

风风雨雨

叨叨念念

一天天　一年年

只为交杯啊

交杯的那一天

聚了　散了

盼望来年

散了　再聚

笃信有缘

梦醒了

情在心间

花开了

爱要团圆

分分合合

酸酸甜甜

一次次　一遍遍

总有交杯啊

交杯的那一天

多少次徘徊在小村旁
只为邂逅画中的姑娘
把我日日夜夜的思念
倾诉到你初萌的心上

为你　我曾梦想
像飞鸟那样展翅飞翔
盘旋在你青葱的枝梢
让我们的青春连体生长

为你　我曾梦想
像清风那样轻柔游荡
缠绵在你爱情的廊桥
让我们的心声放歌绝唱

姑娘啊姑娘
我以梦想重叠你的梦想
让我们相拥成一条溪流
一起飞瀑岁月山高水长

梦想

遇见

我不能忘记
那次偶然的遇见
你那羞涩如花的微笑
绽放在我甜甜的心间

我不能忘记
那回故意的遇见
你那秀发飘逸的芳香
久醉在我的岁岁年年

我多想化作一缕清风
轻轻地吹到你的窗前
与你一帘幽梦
一起憧憬明天

我总想变成点点星光
淡淡地洒到你的床前
与你相依相偎
共享花好月圆

遇见　难忘的遇见
茫茫人海牵手有缘
遇见　难忘的遇见
是你送我眷恋的春天

相爱

转个身　你在身旁
背个身　你在他乡
闭着眼　你在梦中
睁开眼　你在远方

都说人间儿女情长
最长的是遥望目光
都说恋人心苦难熬
难熬的是日夜念想

你的影牵着我的目光
我的心落在你的梦乡
你的风刮起我的愁云
我的伞遮挡你的雨巷

查星座　看面相
算八字　美同框
耗尽了所有的情商
莫如刻骨铭心爱一场

伞中缘

烟雾蒙蒙　细雨绵绵

我们相约在小河边

披风沐雨的路上

你撑起一把雨伞

一半挡我　一半遮你

我们的脚步越走越迷乱

你多想细雨不停歇

我情愿共享不晴天

清风习习　雨丝绵绵

我们再约在小河边

等候相遇的路上

我撑起一把雨伞

一半自掩　一半空留

等待你与我风雨肩并肩

你渴望结下雨中缘

我祈求牵手雨中天

致同桌的你

年少时想你又不敢想你
年老时想你又难于想你
如今走到了黄昏夕阳下
让我静下心来好好想你

难忘你当年的矜持靓丽
难忘你高高飘逸的马尾
你我横着无形的三八线
彼此只好心头猜度捉迷

曾经想过写张纸条给你
也想找人帮助转达心迹
追悔没有走出勇敢那步
或许青春之火燃烧一起

走过了迷恋的花季雨季
我们走进了岁月沟坎里
当我敢想敢追你的时候
你我随风远去情有所依

每当我在故事里回忆你
心里总是隐痛欲哭无泪
也许爱与被爱阴差阳错
遥相念想也是人生好戏

月牙儿

月牙儿弯弯

跑到了天边

像一片柳叶

像一条小船

装满好听的故事

摇进静静的夜晚

摇啊摇　摇啊摇

从黑夜摇到了大白天

月牙儿弯弯

摇摆在天边

像妈妈的怀抱

像奶奶的摇篮

摇得云朵躲迷藏

摇得星星眨眯眼

摇啊摇　摇啊摇

把我也摇进了梦里边

雪美人

太阳公公睡大觉

雪美人悄悄出来了

带着童话回故乡

她撒花人间美美俏

太阳公公高高照

雪美人羞羞换银袍

冰清玉洁谁怜惜

她默默无语流泪了

太阳公公无奈笑

雪美人匆匆远去了

不知何时再回来

她留下相思何处找

雪美人　情未了

她明年追梦会来到

摸泥鳅

小鱼篓　拴腰头
下到水田摸泥鳅
泥鳅精　滑溜溜
心急眼尖快出手
左一条　右一条
眨眼捉了大半篓

小鱼篓　晃悠悠
泥鳅待在篓里头
送给妈妈添个菜
送给爸爸下碗酒
啦啦啦　啦啦啦
风儿送我回家走

第十六辑 ∞ 诗趣歌乐

我爱母语

我的母语来自天地中央
东方神州是她诞生故乡
风雨沧桑　五千多年
神奇斯文像日月辉煌

我的母语一副方正模样
四声拼音是她旋律韵像
横竖撇捺是她身材形体
字词句章是她系列霓裳

说起母语格外亲切豪放
品起她来让人意味深长
写起母语犹如行云流水
想起她来心灵开窍流芳

通达天下她是无形桥梁
千古文明她像不老脊梁
岁月悠悠她在默默相伴
总在人间传达美好希望

我爱她啊我的母语师娘
她让华夏儿女神采飞扬
难忘她啊我的母语典藏
她让世代后人昌明远方

汉字乐趣

它从结绳点石萌起
走向龟背甲骨发迹
它借青铜竹简表述
又凭活字印刷传奇

点横撇捺工整标记
平平仄仄读出韵律
同字听来不同音声
同音读出不同气息

有事用它描绘记忆
有爱借它传情达意
有景靠它添辉加彩
有梦由它妙思巧计

笔下生花　字字珠玑
老祖宗留下传家宝贝
那身方方正正的风骨
传承了多少道义弥贵
你写我抄大家读啊
通古烁今　经天纬地

书

你盛开的朵朵鲜花

让我惊艳　给我芬芳

你捧出的累累硕果

让我欢乐　给我滋养

你酿造的陈年老酒

让我陶醉　时光绵长

你铺设的条条道路

让我奔跑　携梦飞翔

走进你知识的洞天

流连忘返　神怡心旷

推开你思想的门窗

阅尽沧桑　追索远方

书啊　我心中的宝藏

给我取之不尽的智慧力量

书啊　我的第二故乡

是我灵魂栖息的梦中天堂

下南洋　闯欧美

走遍天涯不忘故乡老祖籍

写方字　看中医

从小爱读四书五经《弟子规》

崇孔子　敬黄帝

一生信奉修身齐家重情义

爱书法　拉二胡

喜闻乐见唐诗宋词品京戏

最爱泼墨丹青绘天地

太极八卦乐与举棋相博弈

良辰吉日翻翻老皇历

端午中秋合家团圆守除夕

为人处世温良恭俭让

家和万事兴都认这个理

龙飞凤舞香火代代传

五千年文明遗传骨子里

想起古学

难忘小的时候

识过千字文

背过《三字经》

读过《论语》《诗经》

传授过天地师亲

字字珠玑　刻骨铭心

难忘小的时候

记过《百家姓》

学过平仄韵

念过《增广贤文》

听闻过诸子百家

浩浩学海　灿若星辰

爷爷亲授长拳剑棍

奶奶手把书画棋琴

父亲教诲礼义孝悌

课堂上唐诗宋词元曲

禁不住摇头晃脑

神兮兮朗诵吟哦

虽然未曾赶考状元及第

但把典故经纶稔熟于心

国学礼仪　乐府古经

让我开智快乐醉魂

让我晓义至爱亲情

让我懂得处世为人

让我收获丰腴终身

啊　悠悠远去的古学

你在我的脑海达古烁今

国粹

台上生旦净末丑

活现世上忠奸善恶丑

四击头　花脸谱

满堂喝彩炫风流

挑花枪　翻筋斗

绝活招式显身手

西皮二黄　铿锵节奏

唱火人间爱恨情仇

梨园唱念做打走

演尽人生悲欢离合愁

舞水袖　上高楼

才子佳人将相侯

渔阳鼓　满江红

京韵京腔伴京胡

缤纷舞台　粉墨春秋

国粹呈祥光耀九州

岁
月
笙
歌

320

是谁伴随我

月下吟哦煮酒

春来邀友踏青

天涯追梦去远行

是谁陪同我

倚窗仰叹乡愁

江湖挥泪驰骋

家国春秋添豪情

是你助兴我

潋滟山水丽景

陶醉烟火风云

柳暗花明又一村

是你梦游我

相思缕缕无眠

遥望十里长亭

红尘放歌慰痴心

开卷与你神游

星光启明常惊魂

终身与你不离

厚重如山老诗经

难忘有你神韵

老书新读意无尽

感恩有你开慧

我从愚生变达人

东方神州生生不息

五千年深耕厚积

《诗经》醇和《楚辞》华丽

乐府恢宏　唐诗飘逸

宋词元曲绵延明清

起承转合　如梦如醉

横亘古今的心曲彩虹

薪火不断引吭接力

诗词曲赋字字珠玑

演绎着风流美丽

大风起兮　老骥伏枥

南山采菊　西边故垒

宛如滔滔大江东流

奔腾回荡　跌宕逶迤

诗仙词圣的低吟浅唱

银河星灿光耀大地

啊　远去的《天问》绝唱

咏叹在华夏故里

啊　今人的诗和远方

旷古着吟哦传奇

走进唐诗宋词

在一卷唐诗里拜访

聆听那代诗仙的风流绝唱

在一阕宋词里探幽

呼吸当年词圣的翰笔墨香

走进清明上河图茶庄

轻抚琴弦岁月的流淌

我推开窗棂眺望

山外连山　天上重天

风悠悠　云悠悠

焉知身在何岁何方

在玉门西关前徜徉

领略长河落日的千里风光

在瓜洲渡口边流连

寻思烟雨石巷的残梦沧桑

放马大漠黄沙中穿行

追寻茶马古道的风霜

我独酌瓦壶老酒

黄花弄影　幽古怀乡

月朦胧　人朦胧

饮醉千年求索时光

也许山高水长不能相依

那就收拢心思去日夜想你

也许日月如梭不能相伴

那就钻进梦里去拥抱欢聚

让思念化作无尽的甜蜜

让眷恋变成无眠的慰藉

像一个个风情万种的飞吻

隔空传递着你我的秘密

也许月朗星稀向隅面壁

那就借助风流的诗意接力

也许流长飞短蹉跎叹息

那就如鱼得水把诗魂编辑

让诗兴勃发山花般诗意

让诗情凝结金秋的诗集

像一阵阵温润盎然的春风

永远拂荡在我们的心里

诗意如情人　情人如诗意

那是人间最好的心头知己

诗集像情人　情人像诗意

那是天上最美的比翼齐飞

诗意情人

橘颂端阳

谁说《离骚》过后无离骚

谁说《天问》过后无天问

当年怀沙抱石沉怀沙

人间九歌未央唱九歌

听啊　亦余心之所善兮

壮哉　虽九死其犹未悔

何惜路漫漫其修远兮

归去来兮　上下求索

都说粽香年年飘粽香

都说雄黄喝过醉雄黄

欣逢端阳岁岁度端阳

侧畔龙舟奋发竞龙舟

看啊　大风起兮云飞扬

鲜见百姓门前挂菖蒲

屈子离骚惊天非绝唱

汨江逝水　万古流芳

故事乐

老人讲述的故事
让我听得有滋有味
书中描写的故事
让我读得着火入迷

身边发生的故事
让我遇到鲜活课题
自己卷入的故事
为我丰富人生阅历

当我走进了故事
见识了多少惊艳传奇
当我成为了故事
收获了好多智慧哲理

还有你我他的故事
让我领受了真爱善美
我自己演绎的故事
还在继续着倾情续集

啊　故事里的故事
让我快乐　如梦如醉
啊　故事外的故事
让我成长　终身受益

老歌

老歌年代渐老

唱起来蛮有味道

老歌虽然变老

听起来更有情调

歌声里的故事

正是你我的寻找

她像怀旧的陈酿老窖

口咏心鸣　激情燃烧

老歌越来越老

唱开来余音缭绕

老歌其实未老

品起来又回年少

故园里的恋歌

相逢重温的怀抱

她像渴望的老井甘泉

曲不离口　返老还俏

情怀不老　歌喉不老

唱出诗意人生　心高气傲

岁月不老　老歌不老

唱来花好月圆　山欢水笑

再见康桥

记得那年春暖花开

我读着《再别康桥》

轻轻地走来

寻找那金柳河畔的新娘

波光艳影　荡漾心脉

依依惜别时

多想带走一片云彩

记得那年丹枫飘来

我轻吟《再别康桥》

悄悄地再来

漫溯那青草芳踪的故事

柔波放歌　万千感慨

挥袖星辉去

带着斯人眷恋的情怀

我在康桥徜徉徘徊

流连诗里　探幽诗外

我在康河摆渡往来

重温旧梦　寻找心爱

康桥情愫化作风采
岁月长河撑篙放排
我要向着诗和远方
寻找斑斓在心的云彩

歌海掬浪花

我长期从事行政和企业管理工作，业余爱好写作歌词，纯属际遇巧合，投趣结缘！

记得 2000 年 9 月的一天，《南方北方》词作家田地和《春天的故事》作曲家王佑贵在深圳请我团聚吃饭，席间聊起歌曲新作话题，佑贵还当场清唱了那首刚出的《我们这一辈》，我被歌曲的魅力深深打动，乃至着迷。从此，我在他们的引导下，走上了歌词创作之路。算起来"发烧"了二十多年，写下了一千多首，其中有上百首广为流传，其中《旗帜》《使命》《特奥圣火》《中华一家人》《中国力量》《孩子妈》等作品获得国家、省、市等多个奖项。

在歌词创作二十多年中，我有些深深浅浅的心得体会，与歌词写作爱好者交流探讨。

一、快速入门，找到途径

别看歌词篇幅小，文字精短，不像其他文艺作品复杂，但也有故事、情节、人物，有声、有色、有味道，真要写好它，确实不容易，并非遣词造句那样简单。诗、词、歌、赋都是我国传统文化的重要组成部分，写作歌词的确大有学问。起初，我不懂诗，不懂歌，格律、平仄、声韵、古典、通俗，等等，皆是外行。往往遇到好的题材，即便心头想写，但无从下笔；或写得词不达意，文不对题，品相乏味。

对于这门艺术，我受古人"他山之石，可以攻玉"的启发，先后研究了词界不少名家作品，包括唐诗、宋词、元曲和现代流传的词作，开阔了眼界，增长了知识，学到了技艺。我们这些非科班出身、非职业写手词家，如果仅以一腔爱好与激情，仅凭业余所为是难以入列行伍的。我还通过借鉴、模仿，像幼童学步那样反复实践，并借助高手之力，站在巨匠肩头等方式，方才找到有效的入门途径。在写歌创作有所收获后，还不断学习钻研，坚持艺海的浸润与养成，苦练写作基本功，提高艺术素养。其实，多读多学，多写多练，是开窍受益的必由之路。一炮打响和一招走红都是不靠谱的奢望。其实让词人、作品一决高下的，是人生内涵，是生活底蕴，是心境成色，是文学功底。

二、创作元素，有心积累

歌词虽有具象和抽象之分，但都需要从源头活水中来。词人要把一个创作念头化作一首生动的歌曲，靠灵光乍现与靠偶得拾掇固然很好。但机会总是难得，或闭门造车，或浮想联翩，其创作也是无源之水，无本之木。古人云，观山水，而快满山水间；观沧海，而沧海入胸怀。这是古代文人墨客行走山川、写史名志所引发的感叹。受之启发，我走入生活深处，登上群山高处，在那里开阔新的视野，呼吸新鲜空气，焕发新的激情，领会新的感悟。先让风物民情充实自己，再把所见所闻、所学所思形成能量，返璞偶合成歌。平时在灯下，案头，梦里，偶遇，我时时处处当个有心人，长期坚持，终有回报。正如诗云：莫道风骚无觅处，放眼乡土皆是词。只要用心观察，诗情画意随处可见，诗料歌材俯拾皆是。当积累的元素，特别是词汇量越多，底气就越足，能量就越大。有了素材创作的库存，终会厚积薄发，机会总是眷顾有准备的人。我常常在有心与无意之间产生创作火花，当我兴之所至，游思所及，就能信手拈来，随心所驰。

三、基本技巧，谙熟于心

俗话说，没有金刚钻，揽不下瓷器活；腹中缺少墨水，写不出好文章。我体会到写歌词既是艺术活，也是技术活。一首歌词要在百个来字的短文中表现山水风物、人生况味，除要把握内容和形式两大要素外，还需要熟悉音乐的艺术规律，掌握歌词规范与写作基本技巧，比如，选择题材，表达主题，切入角度，结构层次，曲式旋律，语言韵味，抑扬顿挫，意境情感，等等；需要掌握近韵通押的汉语十三辙，还有围绕效果特色的"比、兴、赋"以及意境、借境、造境等表现手法。又比如在精挑细选语言时，把握诗、词、文的共性与区别，把握语义、语境、语气、语调的状景变化等。总之，要在一首歌词作品中把文学、文艺、文心等元素和谐统一起来，都需要有一定的基础，逐一理顺过关，否则写歌词只能是技艺虚空的门外汉，写出的东西也只能是不伦不类的作品。掌握了这些基本功夫，手上有了写作的几把刷子，或有了某些本家绝活，写作歌词就有了资本，也就简便易行了。

四、语言表达，匠心妙运

歌词首先是一种语言艺术，其语言的选择运用是有高要求的，也是挑剔的，要口语化、通俗易懂、上口易唱，也要有形象、意境、韵律、色彩、情感。因此，我在写作用词上特别注意在形、音、韵、义、情上下功夫，缺一不可，因为这些是构成好作品的主要要素。例如，写家园风物与山川风光，绝不仅是摄影的原版记录，而要经过观察与思考，经过色相滤镜，滋生出诗情画意，再用语言表达情趣与韵味。为了让歌词贴切、生动、出彩，往往需要斟字酌句，推敲精练，这是让作品升华的必要步骤。尤其不可忽略那些以小见大的细节描写，作品往往由此产生真实画面，引发共鸣的真情实感。歌词创作是传统的，但又是现代的，创作歌词必须跟上时代的步伐，一定要创新，如果还是老调常谈，听众必然感到乏味反胃。有了好的文字词作，再插上音乐的翅膀，让人如饮香茶，沁人心脾，经久难忘。甚至有的歌词语句成了社会时尚流行语言。

五、审美意识，开花结果

歌词是一种文字类体裁样式，有它自身的文学艺术特点，它的本质特性带有音乐特色的文字美、富含文学光彩的音乐美、意象鲜明的抒情美，阅读能赏，谱曲可唱。写词至今，我非常重视审美追求，即集思想性、艺术性、欣赏性于一体。歌词的美首先是文字的美，无论何种类型的歌词，都是别样风采的艺术品，不能轻率地粗制滥造。写作经历证明"腹有诗书气自华"，词家本身的审美意识高度决定作品的艺术高度。尤其是要把那些不可言传的、幽深的、难以言状的精神世界，如苦恼与忧伤、彷徨与恐慌、悲悯与无奈，与心戚戚，与人感奋，与人激励等，无不发掘着美，呈现着美，讴歌着美。

虽然一首歌词的完成，往往来自感性思维，比较自然，比较精彩，但往往不够成熟，形成需经"慢工出细活"，效果需要存放发酵，品析稔读，补上理性思维的冷处理，或作出更优的反复打磨，经此过程，作品才会达到极致臻美。

六、歌词表达，真情实感

歌词是自然的写意，其实是心灵的共鸣，是一种表情的文字，它表达出微妙的心声，咏叹出音乐旋律的歌唱。要使作品具有感染力，打动人心，引起共鸣，喜闻传唱，需要投入真情实感，不可忸怩作态，不可矫情造作，要兴奋别人的神经，先要感动词作人自己。在内容为语境的作品中，歌词要发自内心，言之有物，有血有肉。人生虽有百态，但用歌词传情达意，一定要避免使用假、大、空的说教言词，避免用时髦概念语言堆积。只有把眼中的景与心中的情，以真情实感"过家家"式托出来，才能感人。心在山水间，词则出意境，情则出风韵，充满乡土气息。但凡涉及写人的情感类歌词，首先要在意听众的感受，不能疏离人性化、人情味、接地气的表达。表达人的忧愁哀乐、爱恨情仇等都不能背离内心世界的真切感受。否则，无以服众，无法引起共鸣。像阎维文的《母亲》，刘和刚的《父亲》，之所以能让千千万万的听众动容流泪，除了歌唱者的唱功了得与音乐优美之外，主要还是歌词表达的真实感人，情感浓烈，引发天理人心。

七、歌心满怀，蕊吐芳华

我国已进入一个全民 K 歌时代，这是一派可喜的文化现象，也是一种时代的特色消费。歌词忌讳千篇一律，千人一面，既要百花齐放，万紫千红，又要时尚创新，各领风骚。无论哪类歌词作品，都需要亮点，当今时代呼唤词体多样、风格各异、律动多变的时代新作。我写《中华一家人》时，不囿于黄河、长江、长城、泰山之类套路喻体，去表达泱泱中华大主题，而是采用人人眼中、手头、心上有的小事件，呼之托出同文、同根、同祖的大主题，收到了耳目一新的效果。如行家评论，在中华老酒坛题材中，酿出了品位独特的醇香新酒。

八、笔耕不辍，源于热爱

在世事时兴追风流行的环境下，歌词创作人也很难留下"细嚼慢咽，精打细磨"的文字，势于斯，囿于斯，古人的"吟安一个字，拈断数茎须"也许成了传说，眼下的确难以再见。

在词坛各种流派纷呈，商业气息日盛的大势下，我仍然坚持写词本心，坚守平素现实与通俗易懂的创作，用形象说话，用内心倾诉，用灵魂求美，用真情歌唱，写接地气的歌词作品。坚守"诗言志""词咏意""歌舒心""赋纪事"的民族艺术传统。读着是一篇短文，诵着是一首诗词，唱着是一首好歌，这一直是我所追求的。尽可能让作品有新意，有色彩，有味道，有情趣，有温度，形成个性语言风格。

我的歌词只有一部分谱曲成歌，但我并未放松笔耕创作。其实，世上词作家也都一样。我认为一首既已成文的歌词，它是一篇特写的文字，它有独立存在的艺术价值，或许多年后又被淘宝成歌。正如书法大师欧阳中石所言："作字可识，点画成姿；作文载道，启动情思；书文相映，唤人心仪；承前无愧，不负来时。"

回顾二十多年的业余写词经历，我之所以能笔耕不辍，乐此不疲，一切源于我对歌词的痴迷与热爱。它像一道神奇的魔方，让我的酸甜苦辣、喜怒哀乐、悲欢离合一起走进歌里，丰富了我的岁月，充盈了我的人生，激滟了我的梦想，让我的生命绚丽多彩。

当我的词作付梓成文，结集出版之时，我要再三感谢我的入行引路人，词作家田地、作曲家王佑贵；特别感谢著名词作家单协和，著名诗人、词作家唐跃生，在他们的悉心指导下，我坚持创作二十多年。尤其不能忘记单协和帮助我写词步入专业规范、渐入艺术臻美的悉心赐教，以及我们共同创作的日日夜夜。我要衷心感谢商界名家禹露、杨溯、杨帆长期给予我的热心支持，我还要特别鸣谢惠赐词评赏析和读后感的一众友人，更要万般感谢让我幸福成长的这个伟大的时代！

2020 年 10 月 19 日于深圳